Alizé Siffleur

Mistkerl

AF199769

Für Alan, meine zweite Hälfte,
meine Inspiration, meine große Liebe.


It's amazing how you can speak right to my heart
Without saying a word you can light up the dark
Try as I may I can never explain
What I hear when you don't say a thing

The smile on your face
let's me know that you need me
There's a truth in your eyes
saying you'll never leave me
The touch of your hand
says you'll catch me wherever I fall
You say it best, when you say nothing at all ...


Aus dem Song
‚When You Say Nothing At All'
von Ronan Keating

# Alizé Siffleur

# *Mistkerl*

Roman

„Reich mir mal die Butter 'rüber, Cosima", sagte Ben.

Automatisch schob ich die Butterdose in seine Richtung, ohne vom Feuilletonteil der Zeitung aufzusehen. Dabei murmelte ich: „Du sollst mich nicht Cosima nennen, Julc genügt völlig", so wie immer, wenn mein Nachbar und bester Freund meinen zweiten Namen erwähnte.

„Ich weiß, aber Cosima ist super strange. Der Name passt zu dir, mein kleiner Schnuckelhase."

Diese Bemerkung holte mich hinter dem Zeitungsteil hervor. Seit ich Ben, der eigentlich Benjamin hieß, in einer schwachen und ziemlich weinseligen Stunde meinen zweiten Vornamen verraten hatte, sprach er mich häufig damit an. Dabei wusste er, dass ich ihn nicht ausstehen konnte.

Schon vor längerer Zeit hatte ich meine Mutter gefragt, was sie genommen hatte, als sie den zweiten Vornamen ausgesucht hatte. Meine Mutter konnte mir die Frage nicht so genau beantworten, aber sie erklärte, dass es ziemlich starkes Zeug gewesen war, das sie eingeworfen hatte. Weiter wollte ich eigentlich gar nicht aufgeklärt werden. Mir reichte das Wissen, dass meine Mutter, als sie so ungefähr in meinem Alter war, in einer Kommune gelebt hatte, in der es in erster Linie um die freie Liebe gegangen war. Dort hatte sie es wohl ziemlich wild getrieben. Wild und irgendwie mit jedem. Das Ergebnis war dann ich. Wobei meine Mutter keine Ahnung hatte, wer letztendlich der Erzeuger meiner Wenigkeit gewesen war.

Ja, klasse! Genau das braucht man, vor allem als kleines Mädchen. Eine Mutter, die ziemlich bunt und ausgeflippt ist und die Erkenntnis, dass es sechs oder sieben potentielle Väter für einen gibt. Dabei wünscht man sich nichts sehnlicher, als einfach mit dazu zu gehören und nicht weiter aufzufallen! Das war in meinem Fall hoffnungslos, weil meine Mutter so anders war als alle anderen Mamas.

Wenigstens hatte ich sie durch meine plötzliche und unerwartete Anwesenheit, wenn auch vorerst in ihrem Bauch, so geschockt, dass sie beschloss, ein wenig bürgerlicher zu werden. Das bedeutete, dass sie sich eine kleine Wohnung suchte, Gelegenheitsjobs annahm, mit dem Kiffen aufhörte und sich nur noch ab und zu mittels Alkohol die Kante gab. Sie brachte uns tatsächlich irgendwie durch. Manchmal mehr schlecht als recht, aber immerhin.

Jetzt legte ich die Zeitung beiseite. Ich fand, dass es an der Zeit war Ben verbal auf die Finger zu klopfen. Oder eher auf den Mund.

„Schnuckelhase? Das ist ja noch schlimmer! Nennst du deine neue Tussi so, oder was? Okay, sie hat vorstehende Zähne, da verstehe ich den merkwürdigen Kosenamen. Aber mich verschone bitte damit. Ich habe lange genug eine Zahnspange getragen. Meine Zähne sind perfekt." Einen Moment wartete ich, um meine Worte wirken zu lassen. „Überhaupt passt der Name Cosima gar nicht zu mir, du Spinner", fügte ich streng hinzu.

„Aber, aber! Da ist wohl jemand eifersüchtig, was", grinste Ben.

Einmal mehr stellte ich fest, dass er mit seinem komischen, verstrubbelten Haar und dem verschmitzten Grinsen ziemlich heiß aussah. Und er roch gut, wie ich immer wieder feststellte. Wie es wohl wäre, einmal eingehender an ihm zu schnüffeln? Oder ihm die Haare noch weiter zu verstrubbeln. Oder ihn zu küssen.

Sofort rief ich mich zur Ordnung. Dieser Typ war mein Nachbar, mein Freund und weiter nichts. Ben und ich verstanden uns vom ersten Aufeinandertreffen an richtig gut, lagen auf der gleichen Wellenlänge. Inzwischen hatte es sich eingebürgert, dass wir samstags zusammen frühstückten, wenn es passte. Nicht was Sie meinen. Einfach frühstücken, ohne die Nacht miteinander verbracht zu haben. Ganz gemütlich, mit der Zeitung und allem drum und dran. Immer wieder sagte ich mir, dass Ben so etwas wie ein kleiner Bruder für mich war, weiter nichts, denn schließlich war er gute drei Jahre jünger. Manchmal gingen wir zusammen ins Kino oder einen trinken und das war's. Oder wir frühstückten halt miteinander. Eine erotische Beziehung mit ihm konnte ich mir so gar nicht vorstellen. Und überhaupt war er nicht mein Typ. Ich stand eher auf Männer älteren Semesters.

Männer, die es gewohnt waren, Befehle zu erteilen und Sicherheit vermittelten. Ben mit dem störrischen Haarschopf und den rauchgrauen Augen, die manchmal so unglaublich treu und verträumt aussahen ...

Also bitte! Was ich wollte, war ein richtiger Mann, der wusste, was er wollte und keinen Bubi, der sich erst noch ausprobieren musste und immerzu irgendwelche Tussis abschleppte.

„Pah, eifersüchtig, von wegen", stellte ich deshalb sofort klar. „Ist mir doch egal, mit was für einem Schnuckelhäschen du im Bett herumhoppelst. Obwohl das jetzige ziemlich laut ist. Uhhh, Ben ... mach's mir ...jahhhaaaa ... stoß zu", imitierte ich seine derzeitige Bettgenossin.

Im Haus waren die Wände eben extrem dünn und Ben hatte sein Schlafzimmer genau über meinem, so dass ich öfter mal das zweifelhafte Vergnügen hatte, an seinen sexuellen Umtriebigkeiten teilzunehmen, jedenfalls akustisch.

Nicht, dass ich prüde gewesen wäre. Oder nie einen Typen mit nach Hause nehmen wollte, um es heiß, schmutzig und die ganze Nacht lang mit ihm zu treiben ...

Na ja, also - eigentlich war das höchst selten der Fall oder besser gesagt nie. Es war nicht so, dass ich keine Gelegenheit dazu gehabt hätte! Aber seit ich hier wohnte hatte es sich einfach nicht ergeben und um ganz ehrlich zu sein, war das vorher auch schon so. Letztendlich hatte mich immer irgendein Detail gestört und ich hatte den Kandidaten schnöde abblitzen lassen. Anders als mein Lieblingsnachbar, der gefühlt alle vier Wochen eine neue und willige Person abschleppte.

Ben gab den Zerknirschten. Er zog den Kopf ein, machte eine Grimasse. „Sorry, wenn wir dich um deinen Schönheitsschlaf gebracht haben. Sie ist eben sehr kommunikativ.“

Diese Aussage ließ mich kichern. „Das hast du schön gesagt. Vielleicht könntest du ihr beim nächsten Mal einfach ein Kissen auf den Kopf drücken, wenn sie kommt. Nicht so, dass sie keine Luft mehr kriegt, sondern mit Gefühl. Einfach, damit sie nicht so laut ist.“

Mein Gegenüber grinste mich an. „Super Idee. Es soll ja den besonderen Kick geben, wenn einem die Luft etwas abgedrückt wird. Von wegen Sauerstoffzufuhr im Gehirn. Aber ob das auch mit einem Kissen funktioniert? Keine Ahnung. Du musst dir übrigens darüber keine Gedanken machen. Suzanne und ich haben uns getrennt. Es hat sich letztendlich nicht richtig angefühlt, obwohl wir eine ganze Weile zusammenwaren."

„Nicht richtig angefühlt? Aber im Bett schon, was?", grinste ich. „Also bist du wieder auf der Piste? Bei deinem Verschleiß wird es nicht lange dauern, bis du wieder ein Hoppelhäschen beglückst ..."

„Schnuckelhase", verbesserte mich Ben. „Nicht Hoppelhäschen. Was soll ich machen. Du willst ja nicht, obwohl dir eine Menge entgeht, Cosima. Glaub mit, ich würde dich glücklich machen."

„Du sollst mich nicht Cosima nennen, verdammt nochmal. Wie oft soll ich dir das noch sagen. Und überhaupt, mach mal halblang, du Kind. Von wegen, du würdest mich glücklich machen. Wenn ich scharf auf dich wäre und dich ins Bett zerren wollte, dann würdest du wahrscheinlich die Krise kriegen."

„So, meinst du?" Ben stand auf, stellte sich hinter mich und begann damit, mir den Nacken zu massieren. Zugegeben, das fühlte sich total gut an.

„Das gefällt dir, was", murmelte er leise, wobei seine Stimme einen rauen Unterton bekam. „Was meinst du, wie gut ich in Ganzkörpermassage bin. Du solltest es ausprobieren."

Er ließ seine Hände weiter wandern, über die Schulter bis zum Ansatz meiner Brüste, den er zart streichelte.

Diese Liebkosung stürzte mich in eine ziemliche Verwirrung, denn es gefiel mir ausgesprochen, so von Ben berührt zu werden. Und nicht nur das! Ein angenehmes Prickeln machte sich zwischen meinen Beinen breit.

,Stopp. das geht gar nicht', fuhr es mir durch den Kopf. Entschlossen wandte ich mich aus seinem Griff. „Okay, alles gut. Jetzt hör schon auf. Du scheinst im Moment notgeil zu sein. Das geht echt verdammt schnell bei dir."

„Schade", mit einem Schulterzucken ließ Ben die Arme sinken. „Du weißt nicht was dir entgeht ..."

Seine Worte, aber auch seine Berührungen ließen mir keine Ruhe. Was war plötzlich in ihn gefahren? Bisher hatten wir eine sehr glückliche und sehr platonische nachbarliche Beziehung miteinander. Keine Gefühlsverwirrungen! Eben deshalb funktionierte es fantastisch zwischen uns.

Ab und zu hatte ich zwar darüber nachgedacht, wie es wohl mit ihm wäre, aber das war nur ein theoretischer Gedanke, den ich jedes Mal schnell beiseite schob.

Heute war es anders gewesen. Seine Hände an meinem Busen, das hatte sich toll angefühlt.

Energisch rief ich mich zur Ordnung. Wahrscheinlich war nicht Ben notgeil, sondern ich. Tatsächlich hatte ich seit einer ganz schön langen Zeit keinen Sex mehr gehabt. Außer mit mir selbst, aber das zählte ja nicht.

Ich überlegte. Vielleicht sollte ich intensiv auf die Suche nach einem netten, potenten Partner gehen. Oder nach einem unglaublichen Erlebnis, wie es in einschlägigen Büchern geschildert wird. Sie wissen schon:

*Sie und er sehen sich an und schon fallen sie übereinander her. Wobei er sie ins nächste Hotel oder in sein tolles Penthouse zerrt, ans Bett fesselt, ihr vorher oder hinterher Schläge auf den Allerwertesten verpasst, was sie toll findet, und wobei sie willenlos und feucht wird. So etwas in der Art.*

Mir passierte derartiges nie! Wahrscheinlich lag es daran, dass ich nicht richtig suchte. Oder nicht an den richtigen Orten. Aber wo sollte ich auf die Schnelle einen gutaussehenden, super potenten Traummann mit guten Umgangsformen finden, der mich verwöhnen, toll finden, massieren, bis zur Bewusstlosigkeit vögeln und vielleicht sogar lieben könnte? Und das alles ohne größere Verpflichtungen, aber irgendwie nicht ohne ein wenig Gefühl. Spontan fiel mir nur eine Antwort ein:

Im Internet.

Weil es Samstag war, und ich sowieso nichts Besonderes vor hatte, machte ich mich gleich kundig. Ich warf meinen Laptop an und gab einfach ‚Gelegenheitssex' ein. Erst einmal klärte Google mich auf, dass das was ich suchte Casual Date heißt.

Okay, dann eben so. Schließlich ist Frau ja lernfähig. Was dann allerdings kam, ließ mich staunen, denn es boten sich zahlreiche Plattformen für ein solches Date an. Anscheinend hatte ich bisher ziemlich hinter dem Mond gelebt, denn das hatte ich nicht geahnt. Na gut, bislang hatte ich mich ja auch nicht dafür interessiert. Jetzt allerdings faszinierten mich die ungeahnten Möglichkeiten. Gleichzeitig kamen mir Bedenken. Sollte ich mich wirklich irgendwo einloggen? Wer konnte schon sagen, was sich dahinter verbarg? Vielleicht irgendwelche Spinner, die wer weiß was wollten. Oder das Ganze war eine riesengroße Abzocke.

,Quatsch, Jule. Sei kein Feigling. Was soll schon passieren. Du schaust unverbindlich in so einem Forum vorbei und gut ist es. Du kannst dich jederzeit wieder ausloggen', beschloss ich.

Und überhaupt war ich schließlich eine moderne junge Frau, die so ziemlich jeden Trend mitmachte. Warum also nicht.

Doch bevor ich diese Sache anging, wollte ich mich gleich einmal darüber informieren, was es alles an Sextoys gab, das hatte ich bisher auch noch nie gemacht. Klar kannte ich Dildos, Vibratoren, wenn auch nicht aus der Nähe. Was es sonst noch für Spielzeug gab, wusste ich nicht so genau. Auch hier hielten sich meine Kenntnisse der Materie in Grenzen.

Also klickte ich mich in den Shop eines entsprechenden Anbieters. Mutig geworden schaute ich mir das Sortiment nicht nur an, sondern bestellte gleich einen Vibrator, der als

*‚perfekter Toy-Einsteiger mit Reizrillen, verschiedenen Geschwindigkeiten und durch gefühlsechter Latexummantelung ungeahntem Lustgewinn'*

angepriesen wurde.

Dabei kam ich mir sehr mutig vor und ein kleines bisschen verrucht. Nach dieser Aktion kochte ich mir erst einmal einen Kaffee und während ich den Zischgeräuschen des Kaffeeautomaten lauschte, beschloss ich, den möglichen Gelegenheitssex auf einen späteren Zeitpunkt zu verschieben.

Ein paar Tage später fand ich nach der Arbeit eine Benachrichtigung im Briefkasten vor. Der Postbote hatte ein Päckchen für mich bei Ben zwischengelagert. Das konnte nur der bestellte Vibrator sein! In der Hoffnung, dass das Teil wirklich neutral verpackt war, klingelte ich bei meinem Nachbarn.

‚Hoffentlich ist die Packung nicht irgendwie angedötscht und Ben hat den Inhalt gesehen', dachte ich panisch. Das wäre mir zu peinlich gewesen.

„Hey, Jule. Komm doch rein. Willst du einen Kaffee? Oder lieber ein Glas Wein zum verdienten Feierabend?", begrüßte Ben mich gut gelaunt.

„Lass mal. Ich hatte einen langen Tag. Eigentlich wollte ich nur mein Päckchen abholen." Mir wurde heiß und ich merkte, dass ich einen roten Kopf bekam.

Ben musterte mich einen Moment irritiert. „Alles klar mit dir? Gibt's Probleme? Oder wirst du krank?" Er steckte die Hand aus und legte sie mir auf die Stirn. „Du bist ja ganz heiß. Wenn das mal keine Erkältung ist."

Entschlossen wischte ich seine Hand weg. „Kann sein. Ich lege mich gleich hin. Mach dir keine Gedanken. Mein Päckchen? Oder hast du es etwa schon aufgemacht?" Der letzte Satz war raus, ehe ich es verhindern konnte. Am Liebsten hätte ich mir die Hand vor den Mund gehalten. Das nutzte jetzt aber auch nichts mehr.

Ben guckte irritiert. „Witzig", murmelte er, während er ein mittelgroßes Päckchen von seiner Garderobe nahm. Interessiert schaute er auf das Adressenfeld, was mich noch nervöser machte. Entschlossen machte ich einen Schritt auf ihn zu und nahm ihm das Päckchen unsanft aus der Hand.

„Danke. Ich bin dann mal weg", mit diesen Worten stürmte ich die Treppe hinunter.

In meiner Wohnung angekommen riss ich neugierig die Umverpackung auf.

Der Inhalt ließ mich nach Luft schnappen, denn ich hielt ein Monsterteil in der Hand. Der angeblich ‚perfekte Vibrator für Einsteiger' war geschätzte fünfundzwanzig Zentimeter lang und hatte einen Durchmesser von bestimmt sechs Zentimetern.

Offensichtlich hatte ich die Maße bei der Bestellung nicht berücksichtigt.

„Hölle, wer soll damit denn fertig werden?", murmelte ich verblüfft.

Batterien hatte ich vorsorglich mitbestellt und legte diese jetzt ein. Sofort erwachte das Teil zum Leben, wobei festzustellten war, dass es nicht nur in verschiedenen Geschwindigkeiten vibrierte, sondern dazu auch noch im jeweiligen Takt in lustigen Farben blinkte. Wenigstens machte es nicht auch noch Musik. Mit offenem Mund staunte ich dieses Wunderwerk der Technik an.

Das Klingeln an der Wohnungstür ließ mich zusammenzucken, wodurch mir der Monstervibrator aus den Fingern glitt. Mit einem satten Plopp landete er auf dem Fußboden.

Wieder klingelte es, dieses Mal ausgesprochen ungeduldig und langanhaltend. Also kickte ich den Vibrator eilig hinter die Eingangstür und öffnete diese einen Spalt breit.

Ich hatte nicht mit Ben gerechnet, der sich sofort an mir vorbei in den Korridor drängte.

„Sag mal, was ist denn mit dir los? Geht es dir nicht gut? Kann ich helfen ...", er verstummte abrupt. „Na so was!"

Ehe ich es verhindern konnte, hatte er den immer noch vibrierenden und blinkenden Monsterfreudenspender aufgehoben und hielt ihn jetzt zwischen zwei Fingern hoch. „Cosima, das hätte ich jetzt aber nicht von dir gedacht", grinste er diabolisch.

Schnell schnappte ich nach dem Teil, aber Ben war schneller. Er drehte sich weg und betrachtete den Vibrator interessiert. Wenigstens stellte er ihn dabei aus.

„Verdammt nochmal! Das geht dich gar nichts an. Gib schon her", ranzte ich ihn an.

„Ist schon gut. Tut mir echt leid, dass ich hereingeplatzt bin", sagte Ben amüsiert und drückte mir den Stein des Anstoßes in die Hand. „Aber mal ehrlich - das hast du doch wirklich nicht nötig. Mal abgesehen davon, dass dieses Dings ... ähm ... na ja ... also es sieht aus, als wäre es für Elefantenkühe gemacht ..."

Weiter kam mein Nachbar nicht, denn mich überkam eine mörderische Wut auf ihn. Darauf, dass er mich in eine so peinliche Situation gebracht hatte. Deshalb holte ich weit aus und warf den Vibrator nach ihm. Die Flugbahn war nicht schlecht berechnet, aber Ben hatte sie wohl vorausgesehen.

Weg war er. Das Wurfgeschoss prallte an der sich schließenden Wohnungstür ab und flog wie ein Flummi in meine Richtung zurück. Schnell ging ich in Deckung, denn das Teil hätte bestimmt eine Riesenbeule verursacht und das hätte ich nie und nimmer erklären können.

*Hallo Jule,*
*alles klar bei dir?*
*Tut mir echt leid, dass war blöd letztens.*
*Aber ich habe mir Sorgen um Dich gemacht.*
*Dachte Du wärst schwer erkältet.*
*Wollte Wadenwickel machen, Fieber messen,*
*Dich mit Hühnersuppe füttern.*
*Lass uns das einfach vergessen.*
*Schwamm drüber???*

Diese WhatsApp von Ben ließ mich lächeln.

Wir waren uns aus begreiflichen Gründen ein paar Tage aus dem Weg gegangen.

Der Vibrator war in meiner Nachttischschublade verschwunden. Aber nicht, weil ich daran dachte, ihn zu benutzen. Ben hatte mit dem Elefantenvergleich Recht gehabt. Ich war überhaupt nicht in Versuchung gekommen, das Ding auszuprobieren. Die Schublade schien mir die einfachste Lösung dieses Problems zu sein.

Den Vibrator in die gelbe Tonne zu werfen traute ich mich nicht. Undenkbar, wenn ihn einer der Nachbarn aus versehentlich entdeckt hätte.

Oder er bei der Leerung der Tonne nicht in den Müllwagen, sondern mitten auf die Straße fallen würde. Die wildesten Szenarien geisterten mir durch den Kopf. Seufzend gestand ich mir ein, dass ich das Teil wahrscheinlich für immer und ewig behalten müsste. Allerdings würde ich behaupten, es entsorgt zu haben, falls Ben danach fragen würde.

Entschlossen griff ich zum Handy.

*Hallo Ben.*
*Alles gut. Schwamm drüber!!!*
*Hast Du nachher schon was vor? Wollen*
*wir was zusammen was trinken gehen?*
*Bei Luigi?*

Die Antwort kam prompt.

*Super.*
*Nach der Arbeit einen Absacker bei Luigi!*
*Um das Wochenende einzuläuten!*
*Freue mich.*

Suchend schaute ich mich um und entdeckte Ben prompt. Er stand an einem Bistrotisch und winkte mir zu. Prüfend musterte ich ihn, aber er guckte ganz normal, was mich aufatmen ließ.

Er hatte mir ganz schön gefehlt, deshalb nahm ich ihn in den Arm und verpasste ihm auf jede Wange einen fetten Schmatzer. „Hallo Benjamin, schön dich zu sehen."

Ben drückte mich für einen Moment ganz fest an sich. „Hallo Cosima. Ich habe dich vermisst. Was möchtest du trinken? Ein Glas Rotwein, wie immer?"

Auf mein Nicken hin machte er sich auf den Weg zur Theke, um Getränke zu besorgen.

Am Freitag war bei Luigi immer ordentlich was los. Man stimmte sich nach einer arbeitsreichen Woche mit einem Drink auf das anstehende Weekend ein, flirtete ein bisschen, traf Verabredungen. Interessiert beobachtete ich das bunte Treiben, genoss die ausgelassene, leichte Stimmung.

Ben, der sich mit dem gewünschten Rotwein und einem Glas Bier wieder zu mir gesellte, strahlte mich an. „Wochenende! Ein Glück. Auf uns, Jule."

Lächelnd hob ich mein Weinglas, um ihm zuzuprosten, stockte aber in der Bewegung. Eine wohlbekannte Stimme bohrte sich in mein Mittelohr.

„Na, Benny, altes Haus. So wie du strahlst, hast du sie endlich rumgekriegt. Das wurde aber auch Zeit." Meine Mutter legte ihren Arm um Bens Taille. „Dich würde ich gern mal vernaschen. Aber du treibst es ja schon mit Jule. Obwohl ich gegen einen Dreier auch nichts einzuwenden hätte."

„Ähm", der so Angemachte lief bemerkenswerterweise rot an und löste sich aus der Umarmung.

Auch mir wurde es heiß vor Verlegenheit und Fremdschämen. Hektisch schaute ich mich um. „Mutter, geht's noch?", zischte sie.

Die hatte wie immer die Ruhe weg. „Du sollst mich nicht Mutter nennen, das weißt du ganz genau. Das klingt so hausbacken und alt. Cindy genügt vollkommen. Und wie jetzt, geht's noch. Und wie es geht. Ich habe da einen Kerl kennengelernt ...", flötete sie gutgelaunt und mit beträchtlicher Lautstärke.

„Herrgott, du bist so peinlich!"

Was hätte ich nicht alles dafür gegeben, eine ganz normale Mutter zu haben. Eine die Kuchen backte, Strickjäckchen im Cardigan Stil oder besser noch Twinsets trug und seit Jahrzehnten mit dem gleichen biederen Mann verheiratet war. Eine, die sich nicht von mir mit dem Vornamen anreden ließ, sondern die es toll fand, wenn ich sie Mama nannte. Leider war meine Mutter in jeder Hinsicht anders. Sie trug immer noch schreiend bunte Hippie-Klamotten, sah ständig irgendwie bekifft aus, was sicherlich seine Gründe hatte, und hatte häufig wechselnde Männerbekanntschaften. Ach ja, und Kuchen backen oder kochen konnte sie immer noch nicht.

Nun lächelte sie mich honigsüß an. „Lieber peinlich sein, als permanent untervögelt, meine Liebe. Du solltest es öfter mal treiben, dann wärst du nicht immer so verspannt. Mein Neuer, Joost, hat einen echt süßen Knackarsch und sein bestes Stück ..."

„Es reicht! Das will wirklich keiner wissen", fuhr ich hektisch dazwischen. Mit einem Seitenblick stellte ich fest, dass Ben dem Gespräch amüsiert folgte. „Übrigens: Was mein Liebesleben anbelangt, so geht dich das nun wirklich nichts an", fügte ich entschlossen hinzu.

„Was bist du für eine frigide Zicke", stellte meine Mutter fest.

Neben mir hörte ich ein ersticktes Geräusch. Hatte Ben sich gerade an seinem Bier verschluckt oder unterdrückte er ein Lachen? Das konnte ich nicht herausfinden, denn Cindy ließ sich nicht mehr bremsen.

„Wenn ich es nicht genau wüsste, würde ich meinen, du bist gar nicht mit ihr verwandt. Meine Gene hast du jedenfalls nicht und so habe ich dich auch nicht erzogen. Was muss ich stoned gewesen sein, als ich es mit deinem Erzeuger getrieben habe. Den hätte ich sonst sicher nicht an mich ran gelassen, bei dem Erbgut, dass er weitergegeben hat. Aber ich muss dann mal auch los. Joost wartet auf mich. Er hat einen neuen Stoff. Davon gehst du ab wie eine Rakete, aber davon hast du keine Ahnung", mit diesen Worten wandte sie sich ab, allerdings nicht, ohne einen letzten guten Tipp für Ben heraus zu posaunen:

„Also, Benny, lass dich nicht von meiner prüden Tochter abschrecken, besorg es ihr einfach. Im Grunde will sie es hart, nass und schmutzig haben. Sie weiß es nur noch nicht."

Es folgte ein ziemlich dreckiges Lachen, ein Winken und sie war weg.

Ich atmete tief durch und nahm anschließend einen tiefen Schluck aus meinem Weinglas.

„Das muss man ihr lassen, wenn sie einmal in Fahrt gekommen ist, dann kann man sie nicht mehr stoppen. Ein Bulldozer ist nichts dagegen", merkte Ben an, sah aber immer noch reichlich belustigt aus.

„Meinst du, ihre Neueroberung ist ein Niederländer, der ihr günstig Stoff besorgt und sie hart und schmutzig rannimmt, um bei ihren Worten zu bleiben."

Ungeduldig zuckte ich mit den Schultern.

„Keine Ahnung. Das will ich mir nicht vorstellen. Du kennst sie ja, immer muss sie mich blamieren. Das war schon so, als ich noch klein war."

„Aber Cindy ist total locker. Und sie ist immer gut drauf. Vielleicht solltest du sie nicht so ernst nehmen."

Freund hin oder her - auf seinen Rat konnte ich in diesem Fall gut verzichten. Was mischte er sich überhaupt in meine Angelegenheiten! Das nahm so langsam Überhand.

„Hör mal", pestete ich los. „Meine Mutter ist eine schreckliche Person. Sie ist nicht locker, sondern einfach nur peinlich. Du kannst überhaupt nicht mitreden, du hast ganz normale Eltern, so wie schätzungsweise jeder auf diesem Planeten, außer mir. Du ahnst nicht, wie oft sie betrunken auf dem Sofa abgehangen hat, wenn ich aus der Schule kam. Oft bin ich mir vorgekommen, als ob ich die Mutter wäre und sie das Kind. Früher war sie nie da, wenn ich sie brauchte, jetzt mischt sie sich in meine Angelegenheiten. Was bildet sie sich überhaupt ein! Benny, nimm meine Tochter mal hart ran! Die spinnt ja! Und frigide bin ich überhaupt nicht."

Ben schaute mich betroffen an. „Es tut mir leid. Du hast Recht, ich kann mir kein Urteil erlauben. Meine Kindheit war vergleichsweise glücklich und total normal. Trotzdem, vielleicht sieht sie in diesem Fall klarer als du", jetzt grinste er mich frech an. „Wenn ich mir überlege, was du dir für ein Dingsbums hast schicken lassen ... Du hast es scheinbar wirklich nötig."

Das war doch wohl die Höhe! Und dazu dieses wissende Grinsen! Am liebsten hätte ich ihm eins auf die Nase gegeben, zügelte mich aber im letzten Augenblick. Stattdessen verschränkte ich die Arme vor der Brust, sicherheitshalber.

„Das ... ähm ... Dings ist meine Sache. Nur für alle Fälle, falls ich mal Leerlauf habe", erklärte ich bemüht gelassen, wobei es mir ziemlich warm wurde. „Überhaupt geht dich das gar nichts an."

„So, so, Leerlauf! Du musst nicht rot werden", sagte Ben sanft. „Alles ist gut."

Plötzlich kam ich mir ziemlich blöd vor. Hallo, das war Ben, mein Freund und Nachbar, den ich schon eine ganze Weile kannte und auf den ich mich verlassen konnte. Entschlossen leerte ich mein Glas. „Ich bin dran. Was trinkst du?"

Es war spät geworden. Wir hatten versucht, die Leichtigkeit wiederzufinden, die sonst zwischen uns geherrscht hatte, aber trotz aller Bemühungen war uns das nicht gelungen. Oberflächlich betrachtet waren wir locker miteinander umgegangen, hatten zusammen gelacht und Spaß gehabt, wie an so manchen Abenden bei Luigi, aber trotzdem gab es eine Spannung zwischen uns, die neu war und mich verwirrte.

Jetzt waren wir auf dem Heimweg. Ich hatte mich bei Ben eingehängt. Zum einen, weil es einfach schön war und sich toll anfühlte. Zum anderen, weil ich ein Weinchen zu viel getrunken hatte und nicht mehr so ganz standfest war. Das war kein Wunder. Cindy, mit ihren unmöglichen Bemerkungen hatte mich ganz schön aus der Bahn geworfen und die Zwischentöne zwischen Ben und mir taten ein Übriges. Mein Nachbar gab sich merkwürdig schweigsam, was mir aber nichts ausmachte. Ich hatte genug damit zu tun, in der Spur zu bleiben, lauftechnisch gesehen.

31

Schließlich waren wir vor der Haustür angekommen.

„Du, Benjamin", murmelte ich undeutlich. Mir war eine Idee gekommen, die eher dem Alkohol, als dem gesunden Menschenverstand geschuldet war.

Irgendwie wollte ich noch nicht, dass der Abend vorbei war. Warum also nicht noch auf einen Absacker zu mir gehen? Vielleicht könnten wir sogar ein bisschen knutschen oder so. Schließlich war ich eine aufgeschlossene junge Frau und keine frigide Zicke, so wie es meine Mutter behauptet hatte.

Du, Benjamin", wiederholte ich, weil ich nicht so richtig wusste, wie ich anfangen sollte.

„Ja, Cosima?"

„Hey, du sollst nicht ..., auch egal. Ich bin noch gar nicht müde. Hast du Bock noch mit zu mir zu kommen? Du musst aber keine Angst haben. Ich will gar nichts von dir. Vielleicht ein bisschen herumfummeln, so ganz unverbindlich. Übrigens riechst du gut." Ich war noch etwas näher an Ben herangerückt und stellte wieder einmal fest, dass ich ihn einfach gut riechen konnte.

Er schien nicht so viel von meinem Vorschlag zu halten, denn er rückte ein wenig von mir ab.

So schnell wollte ich aber nicht aufgeben. „Wenn du in mein Beuteschema passen würdest, dann würde ich dir einen Kaffee anbieten, dich so in meine Wohnung locken und dort über dich herfallen. Also, dir die Kleider vom Leib reißen, dich ins Schlafzimmer zerren und dich um den Verstand vögeln. Aber du bist viel zu jung und sozusagen Tabu. Deshalb frage ich lieb und nett und werde nicht gewalttätig", grinste ich verwegen. Es kam mir mit einem Mal ganz natürlich vor, mich an ihn zu schmiegen und ihn zu küssen, erst sanft, denn mit wachsender Leidenschaft. Mit meiner Zunge erforschte ich seinen Mund.

Schließlich schob er mich unsanft von sich weg. „So geht das nicht", sagte er mit rauer Stimme. „Du kannst mich nicht so anmachen. Ich bin schließlich auch nur ein Mann."

Diese Aussage kam mir lustig vor. Ich kicherte. „Klar bist du ein Mann, das kann ich öfter in deinem Schlafzimmer hören." Mit einem Mal kam ich mir ganz schön sexy vor. Pah - von wegen frigide! Wieder schmiegte ich mich an ihn. „Ich würd's auch gern mal mit dir ausprobieren. Aber ich glaube nicht, dass du mich so zum stöhnen bringst, wie deine Schnuckelhasen. Dazu müsstest du ein bisschen mehr Mann sein. Was ist, kommst du jetzt noch mit auf einen Kaffee? Ganz unverbindlich. Ich hätte da auch noch eine Flasche Sekt auf Eis. Keine Angst, ich tue dir auch nichts, wenn du das nicht möchtest." Der letzte Satz klang ziemlich provokant, aber das war mir egal.

„Okay, aber wehe du beschwerst dich morgen, wenn du einen klaren Kopf hast", knurrte Ben.

Diesen Ton hatte ich noch nie bei ihm gehört, aber statt mich abzuschrecken, machte er mich neugierig. „Komm schon, oder hast du Schiss vor einer richtigen Frau?", fragte sie sarkastisch.

Ben antwortete nicht. Stattdessen öffnete er entschlossen die Haustür, packte mich beim Arm und zerrte mich grob durch das Treppenhaus.

„Hey, wir sind schon an meiner Wohnung vorbei", keuchte ich schließlich.

„Du kommst mit zu mir", war die unwirsche Antwort. „Wie war das gerade - die Kleider vom Leib reißen und um den Verstand vögeln? Das wolltest du doch so haben, oder? Und genau das werde ich jetzt mit dir machen."

Er schloss seine Wohnungstür auf und gab mir einen unsanften Schups, so dass ich fast ohne mein Zutun im Korridor landete. Hier nahm er mich in die Arme, küsste mich, während seine Hände über meinen Körper wanderten, mich sanft streichelten. Küssen konnte er, das musste ich ihm lassen. Atemlos erwiderte ich sein Zungenspiel, rieb mich an ihm, spürte seine Härte. Das war jetzt definitiv mehr als ein bisschen fummeln und, verdammt, es gefiel mir.

Ben griff unter meinen Rock, schob seine Hand zwischen meine Schenkel, registrierte, wie feucht ich war.

„Wie ich es mir gedacht habe, du kleines geiles Biest", stellte er befriedigt fest, nahm mich auf den Arm und trug mich in sein Schlafzimmer, wo er mich sanft zu

Boden gleiten ließ. Benommen starrte ich ihn an. Dies war nicht der Ben, der mir so vertraut war. Der gute Freund und hilfsbereite Nachbar. Dies war ein aufregender Mann, der mich total anmachte.

„Was ist? Oder hast du Schiss vor einem richtigen Mann?", fragte er und ließ seinen Blick über meinen Körper gleiten.

Mit einem Schlag fühlte ich mich stocknüchtern, zuckte hilflos mit den Schultern. Die Situation überforderte mich gnadenlos. ‚Vielleicht hätte ich ihn nicht provozieren sollen', dachte ich. Schnell schob ich diesen Gedanken beiseite. Denn genau das hatte ich gewollt, wenn ich ehrlich war. Und jetzt wollte ich ihn, mit jeder Faser meines Körpers. Über die Konsequenzen meines Handelns konnte ich morgen noch nachdenken. Heute Nacht wollte ich ihn fühlen.

„Ich und Schiss? Vor dir? Was für ein Blödsinn?", sagte ich selbstbewusster, als ich mich fühlte.

Worauf Ben wortlos einen Schritt auf mich zu machte, mein Shirt hoch schob und seine Hände in die Körbchen meines BHs gleiten ließ. Gekonnt umkreiste er die Nippel und schob den BH schließlich zur Seite. Er senkte den Kopf, liebkoste meine Brust mit dem Mund. Grenzenlose Erregung überflutete mich. Ich schloss die Augen, genoss seine zärtlichen Berührungen. Doch statt mich weiter zu verwöhnen, trat er zurück. „Zieh dich aus."

Wie war das? Verwirrt öffnete ich die Augen, denn das klang sehr bestimmend.

„Zieh dich aus", sagte er erneut, wieder im Befehlston. „Bitte", fügte er etwas sanfter hinzu, während er sein Hemd aufknöpfte, sich auch Schuhe und Socken auszog. Ich zog scharf die Luft ein, denn er sah unglaublich sexy aus, nur mit seiner Jeans bekleidet.

Zögernd zog ich mir das Shirt über den Kopf, entledigte mich meines BHs, schob mir langsam den Rock über die Hüften und stand nur mit String und Highheels bekleidet vor ihm. Eine Welle von Gefühlen überrollte mich. Ich war ein wenig unsicher, denn Ben bewegte sich nicht auf mich zu, sondern schaute mir einfach zu, wobei sein Blick ganz schön heiß war. Gleichzeitig machte mich die Situation an. Schließlich erbarmte er sich meiner, trat näher, strich mit den Händen über meine Hüften und streifte mir gekonnt den String ab. Dann ging er in die Knie, zog mir die Schuhe aus, vergrub sein Gesicht in meiner Scham.

Wie von selbst glitt mein rechter Oberschenkel auf seine Schulter, so dass ich für ihn gespreizt war. Mit seiner Zunge liebkoste er mich, saugte zart, strich quälend langsam über die Perle. Unwillkürlich keuchte ich auf. Meine Hände gruben sich in sein Haar, ich spürte, wie sich mein Unterleib lustvoll zusammenzog.

Wieder zog er sich abrupt zurück, stand auf. „Du wirst noch nicht kommen. Erst wenn ich es dir erlaube", sagte er bestimmt, dann packte er mich und warf mich aufs Bett.

„Jetzt werde ich dich durchvögeln."

„Du kannst mit mir machen was du willst", stöhnte ich, war selbst fassungslos, dass mich sein dominantes Verhalten so unglaublich anmachte. In diesem Moment war mir alles egal.

Er lachte kehlig auf, während er sich die Jeans auszog und ich registrierte, dass er keine Pants trug. Sein Phallus reckte sich mir gierig entgegen. „Genau so ist es richtig. Bitte mich um meinen Schwanz."

Ich schnappte nach Luft. Was bildete er sich eigentlich ein!

„Bitte mach's mir", war das wirklich ich, die ihn darum bat, genommen zu werden? Die geil und feucht in seinem Bett lag und bettelte?

„Wie war das? Ich kann dich nicht hören. Bist du geil? Willst du gevögelt werden?"

Das wollte ich. „Ja, verdammt. Ich will, dass du mich vögelst, hörst du! Bitte!" Ich konnte mich nicht mehr beherrschen, flehte ihn an, es mir zu besorgen.

Endlich kam er zu mir auf das Bett, aber statt mir endlich sein Glied in die heiße Pussy zu stecken, strich er wieder über meine Brüste, zwirbelte die Nippel, machte mich damit wahnsinnig.

Schließlich ließ er seine Hand zwischen meine Beine gleiten, begann, sich rhythmisch in mir zu bewegen. Zunächst mit einem Finger, schließlich fickte er mich mit zwei Fingern. Ich wandte mich unter seiner Hand, wollte mich wegdrehen und konnte es doch nicht. Stattdessen kam ich ihm entgegen.

„Jetzt komm", raunte er mir ins Ohr. Diese Aufforderung gab mir den letzten Kick. Mein Körper spannte sich an, ein Orgasmus überrollte mich.

Sanft nahm Ben mich in den Arm, streichelte mich, bis ich wieder zu Atem gekommen war.

„Ich hoffe es hat dir gefallen", flüsterte er. Ich konnte gar nicht anders, als mich wohlig zu räkeln. „So wollte ich es eigentlich nicht haben, aber trotzdem war es toll. Aber was ist mit dir?"

Ich spürte, dass er lächelte. „Darüber brauchst du dir wirklich keine Gedanken zu machen. Ich komme schon noch auf meine Kosten. Aber zuerst werde ich dich weiter verwöhnen. Dann nehmen ich mir, was ich will und auch das wird dir gefallen."

Ehe ich antworten konnte, küsste er mich zärtlich, nahm sich Zeit dabei. Anschließend ließ er seine Zunge erneut über meinen Körper wandern. Mit den Händen presste er meine Brüste zusammen, saugte an beiden Brustwarzen, biss sanft zu.

Zunächst genoss ich seine Berührungen einfach, doch schnell zitterte ich erneut vor

Erregung. „Ich will dich endlich in mir haben", stöhnte ich.

„Noch nicht." Sanft spreizte er meine Schenkel, fuhr mit der Zungenspitze über die Innenseite. Woher wusste er, dass er mich damit ganz verrückt machte? Endlich erbarmte er sich, ließ seine Zunge um meine Perle kreisen, saugte daran, quälend langsam. Wie von selbst öffneten sich meine Schenkel noch weiter. Ich keuchte, fühlte den nahenden Höhepunkt intensiv wie noch nie. Die Erregung schlug über mir zusammen.

Ben ließ mich nicht zu Atem kommen, er hob den Kopf. „Ich bin noch nicht fertig mit dir", knurrte er, langte auf seinen Nachttisch, griff zu einer kleinen Flasche, ließ einige Tropfen Öl über meinen Busen perlen. Anschließend begann er, meine Brüste zu kneten, zwirbelte die Nippel.

„Oh nein", stöhnte ich, denn wieder stieg Hitze in mir auf.

„Oh doch, du wirst so oft kommen, wie ich will", knurrte Ben, kniete sich über mich. Fest umschloss er meinen Busen, drückte ihn zusammen. Sein Glied fand den schmalen Pfad zwischen meinen Brüsten, pumpte zwischen ihnen. Er stöhnte lustvoll auf, stieß immer wieder zu. Unwillkürlich bewegte ich meine Hüften im Takt seiner Stöße, rieb meine heiße Pussy.

„Jetzt will ich in dir kommen."

Endlich! Mit einer einzigen Bewegung legte er sich meine Beine auf die Schultern, drang mit einem kraftvollen Stoß in mich ein, verharrte für einen Augenblick. Ich schloss die Augen, genoss das Gefühl, ganz von ihm ausgefüllt zu sein. Zunächst bewegte er sich quälend langsam in mir, zog sein Glied fast ganz aus mir zurück. Ich keuchte, wimmerte, bat ihn um mehr, bis ich registrierte, dass er sich nicht mehr beherrschen konnte, immer härter zustieß. Stöhnend passte ich mich seinem Rhythmus an, warf mich ihm entgegen, spürte, sein heißes Sperma in mir. Erneut schlugen die Wellen der Lust über mir zusammen.

Atemlos ließ er sich auf mich sinken, vergrub sein Gesicht an meinem Hals. Ich legte die Arme um ihn. Seltsam, diesen besonderen Duft hatte ich noch nie an ihm wahrgenommen. Herb, männlich und sehr erotisch.

Schließlich legte er sich neben mich, nahm mich sehr sacht und lieb in die Arme. „Kann es sein, dass du ein kleines bisschen devot bist?", raunte er. „Das gefällt mir."
Was sollte das jetzt? Ich und devot. Was für ein Unsinn! Andererseits, es hatte mir gefallen, mich ihm unterzuordnen. Aber darüber wollte ich jetzt nicht nachdenken.
Ich kuschelte sich an ihn, fühlte mich wunderbar geborgen und zufrieden. „Quatsch, das kann gar nicht sein", murmelte ich verschlafen. Seine Antwort hörte ich nicht mehr, denn mir fielen die Augen zu.

Ich blinzelte, räkelte mich verschlafen. Es ging mir heute Morgen richtig gut, denn die Nacht mit Ben ...

Moment! Ben! Die Nacht! Er hatte mich in seine Wohnung gezerrt und dann hatte er ... hatten wir ...

Na ja, richtig guten Sex hatten wir gehabt. So befriedigt hatte ich mich noch nicht gefühlt, was kein Wunder war. Schließlich war ich - keine Ahnung wie oft gekommen. Oder war das Ganze ein einziger langer Orgasmus gewesen?

Um ehrlich zu sein, hatte ich überhaupt noch nie so unglaublichen Sex gehabt, wie in der letzten Nacht. Ben war mir völlig fremd vorgekommen, aber gleichzeitig sehr vertraut.

Aber eigentlich war er doch gar nicht mein Typ und ich hatte mir geschworen, nichts mit ihm anzufangen. Das konnte nicht gut gehen.

Mit einem Ruck setzte ich mich auf, sah mich einigermaßen beunruhigt um, aber ich war allein im Schlafzimmer. Allerdings stand die Tür sperrangelweit auf.

Was für eine Verwirrung. Ich beschloss, nicht weiter über die letzte Nacht nachzudenken, sondern den Moment zu genießen. Aus der Küche hörte ich ein unmelodisches Brummen.

„I make no promises, I can't do golden rings. But I'll give you everything - tonight ..."

Ben sang lauthals einen Song mit, der aus dem Radio ertönte. Gleichzeitig roch es verlockend nach frisch gebrühtem Kaffee.

‚Andere Sachen kann er entschieden besser', dieser Gedanke brachte mich prompt zum Kichern.

Jetzt erst einmal eine lange Dusche und ein Frühstück. Anschließend konnten wir vielleicht noch einmal die gemachten Erfahrungen vertiefen. Der Gedanke ließ meinen Blutdruck direkt durch die Decke knallen. Schnell verbot ich mir jede weitere Überlegung in dieser Richtung. „Was bist du doch für ein verdorbenes kleines Miststück, Jule", murmelte ich mir selbst zu und wurstelte mich aus dem Bett. Über einem Stuhl hing ein achtlos hingeworfenes Oberhemd von Ben, das ich mir überwarf. Dann tapste ich in die Küche.

Der Frühstücktisch war gedeckt, die Kaffeemaschine blubberte vor sich hin. Ben stand am Herd und rührte in einer Pfanne. Jetzt drehte er sich um.

„Aufgewacht, du Langschläferin?", er stockte und musterte mich mit glitzernden Augen. „Verdammt, siehst du sexy aus. Du solltest nie etwas anderes tragen als meine Hemden und nichts darunter."

Ohne mich aus den Augen zu lassen nahm er die Pfanne vom Herd und kam betont langsam auf mich zu.

„Eigentlich wollte ich dir das perfekte Frühstück servieren, Süße. Aber du lenkst mich gerade ganz schön davon ab", murmelte er, nahm mich in die Arme und küsste mich. Seine Hände wanderten unter das Hemd, strichen sanft über meinen Rücken.

Ich erschauerte, stellte fest, dass mein Körper ein Eigenleben zu entwickeln schien. Wie von selbst schmiegte das dumme Ding sich an ihn, wurde butterweich.

Das ging ja wohl gar nicht! Obwohl ich unter seiner Berührung am liebsten geschnurrt hätte, schob ich ihn entschlossen weg. „Jetzt brauche ich erst einmal eine ausgiebige Dusche und ein Frühstück wäre auch nicht schlecht. Ich habe nämlich einen Bärenhunger."

„Schade", bedauernd wandte sich Ben wieder dem Herd zu. „Dann muss ich mich wohl bis nach dem Frühstück gedulden", fügte er hinzu, wobei er demonstrativ an sich hinunter sah. Ich musste hellauf lachte, denn die Ausbuchtung in seiner Hose war nicht zu übersehen.

„Schau'n wir mal, wie ich gleich so drauf bin", sagte ich so selbstbewusst wie möglich. „Wenn du viel Glück hast, dann ...", weiter kam ich nicht, sondern spurtete ins Bad und schloss vorsichtshalber die Tür ab, denn Ben kam mir schon wieder bedrohlich nahe und griff nach mir. Wahrscheinlich hätte ich einer weiteren Streichelattacke nicht widerstehen können. „Schau'n wir mal, wer gleich das größere Glück hat", hörte ich ihn amüsiert knurren.

Gutgelaunt saßen wir uns schließlich beim Frühstück gegenüber. Ich war nach dem Duschen wieder in Bens Hemd geschlüpft. In einer Schublade hatte ich Boxershorts gefunden. Die Teile waren extrem weit, trotzdem stieg ich in eine der Shorts. Ben hatte nichts zu meinem Aufzug gesagt, mir aber ganz lieb zugezwinkert.

Jetzt häufte ich mir Rührei auf meinen Teller. „Ich hätte nicht gedacht, dass du so dominant bist", erklärte ich nachdenklich. „Diese Eigenschaft habe ich noch nie an dir bemerkt. Du bist doch sonst kein Macho."

Ben sah mir in die Augen. „Ich bin wirklich kein Macho. In einer Partnerschaft sollte man auf Augenhöhe miteinander umgehen, finde ich. Aber ...", er zögerte.

„Aber?", hakte ich nach.

„Nun, beim Sex habe ich gern das Sagen. Es macht mich an, wenn meine Partnerin sich darauf einlassen kann. Wenn sie die Kontrolle abgibt und sich fallen lässt, wenn sie meinen Befehlen folgt. Dabei sollte es aber nicht gewalttätig zugehen. Das ist nicht mein Ding."

Ich hatte den Atem angehalten. Jetzt stieß ich hörbar die Luft aus. „Das wäre meine nächste Frage gewesen. Stehst du auf BDSM? Fesselst du deine Partnerin oder schlägst du sie etwa?"

Ben fuhr sich durch das Haar. „Lust hat viele Facetten, weißt du. Deine Frage ist nicht ganz so einfach zu erklären. Ich würde nie etwas machen, das du nicht willst und ich würde dich niemals verletzen. Aber trotzdem ist die Antwort ja. Hin und wieder mag ich Fesselspielchen und bin auch mal etwas gröber. Du musst zugeben, dass es dir gefallen hat."

„Was heißt das, etwas gröber? Willst du damit sagen, dass du deine Partnerin schlägst, oder was?", hakte ich noch einmal nach.

„Auch das gehört manchmal dazu", klärte Ben mich mit funkelnden Augen auf. „Jedenfalls würde ich dich bestrafen, wenn du meinen Anweisungen so gar nicht folgst. Wobei du mich schon sehr provozieren müsstest, damit das geschieht. Übrigens gibt es immer ein Safeword, damit ich weiß, wann du an deine Grenzen kommst. Wir könnten gleich eins festlegen. Oder wir halten uns an die herkömmliche Ampel."

„Ampel?", fragte ich verwirrt. Bisher hatte ich immer geglaubt, dass man mithilfe einer Ampel den Verkehr regelt. Der Gedanke ließ mich losprusten, denn hier wurde ja irgendwie auch der Verkehr geregelt, im weitesten Sinne.

„Was ist so lustig", fragte Ben ein wenig irritiert.

„Na ja, Ampel ... Verkehr ...", kicherte ich albern.

Ben grinste. „Eben, bei jeder Art von Verkehr sollte es eine Ampel geben, damit es nicht zum Unfall kommt. Ist nicht verkehrt. In diesem Fall wäre grün okay, gelb grenzwertig und rot Schluss mit lustig."

Inzwischen hatte ich mich eingekriegt und folgte interessiert seinen Ausführungen.

„Machst du das immer so? Ich meine, deine ganzen Hoppelhasen, probierst du mit denen lustige Ampelspiele?" Diese Bemerkung konnte ich mir einfach nicht verkneifen.

„Nun mach mal halblang. So viele sind es auch nicht gewesen. Mit Suzanne war ich eine ganze Weile zusammen, das müsstest du eigentlich wissen", ein prüfender Blick traf mich. „Wie sieht es denn bei dir aus?"

Sein Blick machte mich ganz schön verlegen. Irgendwie mochte ich ihm nicht sagen, dass sich meine sexuellen Erfahrungen sehr in Grenzen hielten und nicht besonders befriedigend gewesen waren. „Themenwechsel", schlug ich deshalb vor und biss in mein Brötchen.

„Okay, vielleicht sprechen wir später darüber, wenn du möchtest. Auf jeden Fall kannst du mir vertrauen. Ich stehe zwar auf Dominanz, aber nicht auf Gewalt und nicht darauf, der Partnerin meine Willen unbedingt aufzuzwingen. Sie sollte mir vertrauen und sich deshalb unterordnen. Ich denke schon, dass das genau dein Ding ist. Jedenfalls beim Sex."

Was für eine Unterstellung! Ich schnaubte entrüstet durch die Nase. „Pah! Ich und unterordnen! Das ist überhaupt nicht wahr!"

Unterordnen! Wie das klang. Schließlich war ich emanzipiert, stand mit beiden Beinen fest auf dem Boden. Überhaupt gab ich auch gern mal den Ton an.

„Na ja, so ganz viel Erfahrung mit diesen Dingen hast du nicht, Süße", Ben nippte harmlos an seiner Kaffeetasse, während er mich aufmerksam betrachtete. Das brachte mich noch mehr auf die Palme.

„Was bildest du dir eigentlich ein? Ich habe schon oft Sex gehabt, viele Male. Und besseren Sex als mit dir hatte ich immerzu, du ... du ...", mir fiel kein passendes Schimpfwort ein.

„Tatsächlich?", fragte mein Gegenüber seelenruhig und setzte die Kaffeetasse ab. Er langte über den Tisch, strich mir sanft über die Wange, den Hals, weiter bis zum Dekolleté.

„Du eingebildeter Mistkerl ...", ich verstummte kläglich, denn ich merkte, dass mir heiß wurde. Verdammt, was war nur los mit mir. Sonst ließ ich mich doch sonst nicht so schnell aus dem Konzept bringen. Schon gar nicht von meinem Nachbarn, dem Jungspund.

„Ich würde dich jetzt gern noch einmal nehmen ...", murmelte Ben und streichelte sanft meinen Busen.

Statt ihm auf die Finger zu hauen, stammelte ich atemlos: „Jetzt, sofort?", spürte Hitze und Feuchtigkeit zwischen meinen Beinen.

Er antwortete nicht, sondern stand auf, umrundete den Tisch, zog mich sanft auf die Beine. Wieder wanderten seine Hände unter das Hemd, sanft strich er über meinen Rücken, bis hinunter zum Po, während er mich küsste, bedächtig erst, dann leidenschaftlich.

Sein Mund wanderte weiter, zog eine heiße Spur meinen Hals hinab, verweilte auf meiner Brust. Er umrundete die Nippel sanft mit der Zunge, ließ mich vorsichtig seine Zähne spüren. Mein Gehirn klinkte sich endgültig aus. Ich konnte gar nicht anders, als vor Erregung zu stöhnen und mich an ihn zu pressen.

Er hob mich auf die Tischkante, zog mir die Shorts aus. Dann erkundete er mit dem Finger meine Feuchtigkeit, spielte mit mir. Ich hatte den Eindruck, dass er es in vollen Zügen genoss, mich zappeln zu lassen.

„Bitte besorg es mir endlich, ich brauche es jetzt sofort", wimmerte ich ungeduldig.

„Eng, heiß und feucht, so wie ich es liebe. Nicht so ungeduldig." Er stieß seinen Finger tief in mich, immer wieder. „Ich habe das Sagen, du kommst, wie ich es will, wann ich es will."

„Verdammt, du Mistkerl, ich will deinen Schwanz in mir spüren", doch trotz dieser

Worte passte ich mich wie von selbst seinem Rhythmus an.

Ben lachte rau auf. „Mistkerl ist nicht das vereinbarte Safeword."

Ich konnte mich nicht mehr beherrschen. Immer fester presste ich meine Scham an seine Hand, die nackte Lust ließ mich erschauern. Ich spürte, wie mein Unterleib sich um seinen Finger zusammenzog. Schließlich kam ich in seiner Hand.

Für einen Moment verharrte er, zog sich schließlich aus mir zurück, um mich auf den Tisch zu drücken. Grob spreizte er meine Schenkel, so dass ich weit geöffnet vor ihm lag. Er zog sich das Shirt über den Kopf, öffnete die Jeans, drang gierig ein, stieß tief in mich. Ich hatte noch nicht genug, wölbte ihm mein Becken entgegen, wollte ihn endlich hart und unnachgiebig in mir spüren.

„Sag es! Sag, dass du mir gehörst." Fast brutal knetete er meine Brüste, reizte die harten Warzen, zwirbelte sie ohne Gnade.

„Ja, ich gehöre dir, bitte lass mich kommen", flehte ich ihn an.

Immer heftiger stieß er zu, nagelte mich auf den Tisch. Schließlich stöhnte er auf, entlud sich in mir und auch ich schrie meine Lust heraus, kam mit ihm zusammen.

Er lag halb auf mir. Zwischen meinen Beinen fühlte ich eine warme Feuchte, legte die Arme um ihn. Gemeinsam kamen wir wieder zu Atem. Schließlich stützte er sich auf die Hände, schaute mir zärtlich in die Augen, lächelte befriedigt und ganz schön überheblich. „Hat es dir gefallen?"

„Oh ja", seufzte ich wohlig. „Aber jetzt möchte ich bitte noch einen Kaffee und dann sollte ich vielleicht noch einmal duschen."

„Okay, wir könnten auch zusammen duschen, was meinst du?", grinste Ben.

Ich verstrubbelte ihm die sowieso schon wirren Haare. „Ich weiß nicht. Nicht, dass ich nach dem Duschen schon wieder duschen muss."

„Großes Ehrenwort, ich werde nichts machen, was du nicht willst, Süße."

Das Wochenende war wie im Flug vergangen. Wir hatten zusammen geduscht, mehrmals, um genau zu sein, waren am Abend wieder bei Luigi eingekehrt und hatten anschließend einen Club besucht. Den Sonntag verbrachten wir gemütlich in Bens Wohnung.

Wobei ich einmal mehr feststellen konnte, dass Bens Dominanz mich unheimlich anmachte. Scheinbar hatte ich tatsächlich einen Hang dazu, mich unterzuordnen, jedenfalls im Bett. Das war mir bislang verborgen gewesen.

Natürlich hatte ich meine Erfahrungen mit Männern, aber so richtig toll hatte ich es nie gefunden.

Oft war ich einfach nicht zum Orgasmus gekommen, was der jeweilige Typ nicht wirklich mitbekam. Vielleicht wollte er es auch einfach nicht zur Kenntnis nehmen. Nach dem Motto: Ich war doch gut, Baby, nicht wahr.

So gesehen war der gute, alte Handbetrieb immer noch am befriedigendsten für mich gewesen. Ich machte also ganz neue Erfahrungen.

Am Sonntagabend schließlich war ich in meine Wohnung übergewechselt. Ich musste einfach in Ruhe nachdenken, was mir in Bens Gegenwart ziemlich schwer fiel.

Eigentlich war er ganz anders, als ich es gedacht hatte. Und doch wieder nicht. Der liebe, verlässliche Kerl und gute Freund, den ich kannte war durchaus vorhanden, doch eine neue Facette war dazugekommen. Gleichzeitig war er nämlich ein aufregender, heißer Typ, der mich dazu brachte zu wimmern und zu betteln. Der mir eine ungeahnte Befriedigung verschaffte. Ben schien die perfekte Mischung zu sein.

Dabei hatte ich mir doch fest vorgenommen, nichts mit ihm anzufangen und mich schon gar nicht in die Reihe der Schnuckelhasen einzufügen, die er scheinbar mühelos abschleppte. Das war alles ganz schön kompliziert.

Ich beschloss, in einer ruhigen Minute mit ihm darüber zu sprechen, wie er sich das Miteinander in Zukunft vorstellte.

Dabei wusste ich selbst nicht, wie es weitergehen sollte, aber ich war mir sicher, dass ich bald wieder eine Nacht mit ihm verbringen und ihn für mich ganz allein haben wollte. Er würde also in Zukunft auf weitere Schnuckelhasenbeglückung verzichten müssen - oder auf mich.

Der Montag begann nicht besonders gut. Mir waren so viel Gedanken durch den Kopf gegangen, dass ich schlecht einschlafen konnte.
Zudem hatte ich vergessen, die Weckfunktion in meinem Handy zu aktivieren. Ich wachte zwar gerade noch rechtzeitig auf, musste aber auf meinen morgendlichen Aufweckkaffee verzichten. Ohne die Dosis Koffein war ich eigentlich kein Mensch. Im Büro angekommen stellte ich fest, dass meine Kollegin sich krank gemeldet hatte, ich also ihre Arbeit mit übernehmen musste. Der Kaffeeautomat in der Firma war zu allem Übel defekt und die Mittagspause ließ ich ausfallen, um die anfallende Arbeit einigermaßen zu bewältigen.

Alles in allem konnte ich mich Bob Geldof anschließen: ‚I don't like mondays' galt heute auch für mich.

Wenigstens mein Auto ließ mich nicht im Stich und so kam ich nach Feierabend zwar genervt und schlecht gelaunt, aber pünktlich zu Hause an.

Bens Wagen stand schon auf seinem Parkplatz. Ob ich wohl bei ihm vorbeischauen sollte? Das würde meine Laune sicher heben. Vielleicht konnten wir uns ein paar Spaghetti kochen. Tomatensoße und Parmesan hatte ich noch im Kühlschrank und eine Flasche Rotwein war auch noch da. Oder würde er das als aufdringlich empfunden? So wirklich verabredet hatten wir uns am Sonntagabend nämlich nicht mehr. Vielleicht wollte er erst einmal seine Ruhe haben.

‚Jetzt hör auf zu grübeln, Jule. Wenn ihr nicht miteinander geschlafen hättest, dann würdest du gar nicht darüber nachdenken, ob du bei ihm klingeln solltest. Du würdest es einfach machen', dachte ich mir und fühlte mich gleich besser.

Also bereitete ich alles für ein gemeinsames Essen vor, schnappte mir die Flasche

Rotwein, enterte entschlossen die Treppe und klingelte an Bens Wohnungstür.

Niemand öffnete. Obwohl sein Auto doch auf dem Parkplatz stand, schien er nicht daheim zu sein. Zögernd wandte ich mich ab, war schon wieder auf der Treppe, als sich die Tür doch noch öffnete. Strahlend nahm ich zwei Stufen auf einmal.

„Hallo Benjamin. Lust auf einen Schluck Rotwein? Wenn du mich sehr lieb darum bittest, dann könnte ich dich auch zu einer Portion Spaghetti mit leckerer Soße einladen. Was meinst du?"

Ich wartete die Antwort gar nicht ab, sondern rauschte direkt an Ben vorbei in die Wohnung. Er folgte mir und erst jetzt sah ich, dass er nur mit einem Shirt und seinen Pants bekleidet war. Überhaupt machte er einen völlig verdatterten Eindruck.

„Ups, falsches Timing?", fragte ich erheitert. „Störe ich dich bei irgendwas? Oder hast du schon auf mich gewartet?"

„Eher nicht. Ich würde sagen du störst gewaltig", erklang es aus Richtung der Schlafzimmertür.

Langsam drehte ich mich um, kniff die Augen zu, um sie direkt wieder weit aufzureißen. Im Türrahmen stand Suzanne, Bens letzter Schnuckelhase.

Die Suzanne, mit der er angeblich Schluss gemacht hatte, weil es irgendwie nicht passte. Wie es aussah, schien das ein Trugschluss gewesen zu sein, denn Suzanne reckte mir ihre nackten Brüste entgegen. Um korrekt zu sein war sie gänzlich unbekleidet und machte, im Gegensatz zu Ben keinen verlegenen, sondern einen empörten Eindruck.

„Du merkst wirklich gar nichts", dieser Satz war für mich bestimmt, dann wandte sie sich an Ben. „Schätzchen, schmeiß die Tussi doch einfach raus und komm wieder ins Bett. Ich bin so geil, dass ich es mir selbst mache, wenn du dich nicht beeilst."

Ich öffnete den Mund und klappte ihn gleich wieder zu. Tausend Gedanken purzelten in meinem Kopf durcheinander.

Das durfte doch nicht wahr sein! Gestern hatte er noch mit mir geschlafen und heute lag diese Person in seinem Bett, trieb es mit ihm oder besser gesagt er trieb es mir ihr. Machte er mit ihr die gleichen Dinge wie mit mir? Fühlte es sich mit ihr genauso an?

Obwohl ich weglaufen wollte, stand ich hilflos da, umklammerte die Weinflasche.

Suzanne verschränkte die Arme vor der Brust. Sie schien die Situation zu genießen. „Ach, jetzt verstehe ich. Du hast deine Nachbarin auch schon gevögelt, was. Na ja, scharf warst du immer schon auf sie, das hast du mir oft genug gesagt. Hast du ihr auch erzählt, dass wir beide zusammen sind?"

Ben gab sich einen Ruck. „Wir sind nicht zusammen. Das Ganze war ein riesengroßer Fehler von mir." Er machte einen Schritt auf mich zu. „Nicht das mit uns, das ist bestimmt kein Fehler, Jule. Es tut mir leid, wirklich."

„Ach, echt", entfuhr es mir.

Ehe er mir zu nahe kommen konnte, hatte ich die Flucht ergriffen, stürzte in meine Wohnung und verriegelte die Tür. Was eigentlich unsinnig war. Ben hatte sicher nicht vor einzubrechen. Aber manchmal tut man Dinge, die nichts mit dem gesunden Menschenverstand zu tun haben.

Im Korridor setzte ich mich in eine Ecke, weil meine Beine sich plötzlich anfühlten, als wären sie aus Wackelpudding. Schön blöd war ich gewesen, mich mit dem Mistkerl einzulassen. Das hatte ich jetzt davon. ‚Selber Schuld, du blöde, naive Kuh', dachte ich.

Zum Glück hatte die Weinflasche einen praktischen Schraubverschluss, den ich jetzt öffnete und einen tiefen Schluck nahm.

Komisch, ich war zwar völlig fertig und abgrundtief traurig, aber weinen konnte ich nicht. Vielleicht war das der Schock, denn mit einer solchen Situation hatte ich überhaupt nicht gerechnet.

So saß ich in meiner Ecke, nahm ab und zu einen Schluck aus der Flasche und versuchte mit der riesengroßen Enttäuschung fertig zu werden.

Irgendwann klingelte es, aber ich reagierte nicht darauf.

„Jule, bitte, lass uns reden. Es tut mir wirklich leid. Ich hab sie rausgeworfen. Wir haben nicht ...", rief Ben durch die geschlossene Tür.

Ich fiel ihm ins Wort, indem ich von innen gegen das Türblatt trat.

„Hau ab, du mieses Stück. Ich will nichts mehr mit dir zu tun haben", schrie ich, wobei ich zugeben muss, die zu dem Zeitpunkt die Weinflasche schon halb leer war.
Ben schien aufgegeben zu haben, denn ich hörte ihn die Treppe hinaufpoltern.
Irgendwann war die Flasche leer und ich voll. Mühsam kam ich auf die Beine und wankte ins Bett.


Über das kleine Männchen, das am nächsten Morgen unbarmherzig in meinem Kopf herumhämmerte, will ich gar nicht sprechen. Nur eins, es war emsig.
Erst am Nachmittag fühlte ich mich wieder einigermaßen lebensfähig. Meine Arbeit hatte ich mechanisch verrichtet und möglichst wenig mit den Kollegen kommuniziert.
Ben hatte mehrmals versucht, mich anzurufen, was ich ignorierte. Genauso wie seine zahlreichen WhatsApp, die ich löschte.

Bis auf eine:

*Jule,*

*bitte verzeih mir! Ich bin ein dämlicher
Idiot!!!!!!*
*Ich will auch gar nichts erklären,
nur so viel: Suzanne hat mich komplett
überrumpelt. Ich werde sie nie wieder se-
hen.*
*Es tut mir alles so leid!*
*Das mit uns war etwas ganz Besonderes.
Weil es passt, weil da mehr ist zwischen
uns, das hast Du doch auch gespürt!*
*Bitte gib mir eine Chance!*
*Weil: Du und ich - mehr geht nicht!*
*Ben*

Eine richtig miese Woche lag hinter mir.

Eine Woche, in der ich, bevor ich meine Wohnung verließ, vorsichtig die Tür öffnete und krampfhaft in den Hausflur hinein horchte. Beim leisesten Geräusch aus dem Obergeschoss schloss ich die Wohnungstür und zählte langsam bis zehn, bevor ich mich wieder hinaus wagte.

Es war eine Woche, in der ich am Nachmittag nach Hause kam und froh war, wenn Bens Auto nicht auf dem Parkplatz stand.

Vor allem: Es war eine Woche, in der ich einfach nur niedergeschlagen war. Nicht mal Erdbeereis mit Schokoladenstreuseln konnte mich aufheitern.

Zwischen Ben und mir herrschte Funkstille. Weder versuchte er mich anzurufen, noch schickte er weitere WhatsApp.

Nun, ich konnte gut darauf verzichten. Klar war der Sex mit ihm nicht schlecht gewesen, aber schließlich gab es noch andere Männer. Jetzt, wo ich wusste, dass ich ein bisschen auf Dominanz stand, würde sich doch wohl ein entsprechender Typ finden lassen. Jedenfalls redete ich mir das ein.

Am Freitagabend beschloss ich, mich endlich bei einem der Foren anzumelden, die ich mir vor einiger Zeit schon angeschaut hatte. Dieses Casual Date Ding würde mich schon auf andere Gedanken bringen. Vielleicht würde sich sogar für das Wochenende ein entsprechendes Date klar machen lassen. Toller Sex ohne Verpflichtungen, das hörte sich doch super an. Genau das brauchte ich jetzt, um aus dem Gefühlstief herauszukommen.

Also meldete ich mich im erstbesten Forum für diskrete Affären an, füllte ein umfangreiches Formular zu meinen Vorlieben und No-Go's  aus und bekam prompt ein paar Kandidaten vorgeschlagen, die das System als für mich geeignet befand.

Allerdings kam ich gar nicht dazu, mir die Profile näher anzuschauen, denn es trudelten jede Menge Einladungen zum Chat ein. ‚Holla die Waldfee', dachte ich. ‚Freitags tanzt hier wohl echt der Bär', denn so schnell kam ich gar nicht mit dem Beantworten nach, wie ich angechattet wurde.

Wobei es allerdings jede Menge Typen gab, die im wahrsten Sinne des Wortes mit der Tür ins Haus fielen und die wohl einfach verbal herumschweindeln wollten. Das kam mir ziemlich pubertär vor, denn wer wird schon heiß, wenn er ... ohhhhh .... mach's mir .... oder ... jetzt komme ich ... tippt. Etwas mehr Stimulation sollte es schon sein, jedenfalls für mich.

Also ignorierte ich diese spezielle Spezies und konzentrierte mich auf die Männer, die den Chat mit ein paar harmloseren Bemerkungen begannen.

Einer dieser Chatpartner fiel mir positiv auf, denn er schrieb einfach nett und, vor allen Dingen, fehlerfrei, was hier nicht häufig der Fall war. Wie es schien, suchte er eine devote Frau, zeigte aber auch hier einen gewissen Stil:

*Falls es zu einem Treffen kommen würde, musst Du Dir keine Gedanken machen. Ich bin sicher nicht der Typ, der sofort über Dich herfällt.*

*Ich kann auch zärtlich sein und warten.*
*Unterwerfung bedarf Zeit, Vertrauen und*
*einer gewisse Intelligenz.*
*Natürlich gibt es Simpel, die glauben, dass*
*Brutalität eine Frau geil macht.*
*Dazu gehöre ich nicht*

Das klang vielversprechend. Was kein Wunder war, denn altermäßig entsprach er schon eher mein Beuteschema als Ben. Er war Mitte dreißig, also um einiges älter, und wusste offensichtlich, was er wollte. Zwar antwortete er auf meine Frage nach einer Ehefrau nicht wirklich, aber immerhin chattete er an einem Freitagabend mit mir, was nicht auf eine feste Beziehung schließen ließ.

Relativ schnell tauschten wir Fotos aus, wobei Harry mir eher vorkam wie ein moppeliger Schmuseteddy und nicht wie ein Mann, dem ich mich unterwerfen könnte. Ich beschloss, mich nicht durch ein unvorteilhaftes Foto irritieren zu lassen.

Von meinem Bild zeigte er sich total begeistert, was mir natürlich schmeichelte. Schließlich tauschten wir unsere Handynummern aus und verabredeten uns für den Samstagabend.

Das war ja leicht gewesen! Mit einem guten Gefühl klappte ich mein Laptop zu, gönnte mir noch ein Glas Wein und ging zum ersten Mal seit einer Woche einigermaßen entspannt ins Bett. Im Einschlafen stellte ich mir vor, wie ein Date mit Harry wohl sein könnte.

Am nächsten Vormittag klingelte es Sturm an meiner Wohnungstür. Das machte eigentlich nur eine Person.

Ich öffnete. „Hallo, Cindy, was verschafft mir die Ehre?"

Meine Mutter schnurrte an mir vorbei ins Wohnzimmer und ließ sich auf einen Sessel fallen.

„Hast du mal einen Schnaps für mich", japste sie. „Joost ist rüber nach Holland, um Stoff zu besorgen und noch nicht wieder aufgetaucht. Wahrscheinlich haben sie ihn an der Grenze geschnappt. Was für ein Jammer. Ich meine, der Stoff war schon klasse, aber der Kerl war noch besser. Er hat es mir so unglaublich gut besorgt. Ich werde ihn vermissen."

„Natürlich habe ich keinen Schnaps für dich. Schon gar nicht um diese Uhrzeit. Im Übrigen will ich von deinem Dealer nichts wissen. Sei froh, dass du ihn los bist", erklärte ich und kam mir selbst ein wenig oberlehrerhaft vor. Diese Seite konnte meine Mutter mühelos aus mir herauskitzeln, stellte ich einmal mehr fest.

„Das war ja klar, Frau Lehrerin", sagte sie auch prompt. „Egal, dann koch mir wenigstens einen megastarken Kaffee. Ich brauche was für den Kreislauf."

Also schlurfte ich in die Küche und bereitete ihr einen Espresso. Während sie den vierten Löffel Zucker in die Tasse schaufelte, scannte sie mich mit einem dieser ich-weiß-genau-was-du-wieder-angestellt-hast Blicke, den ich nicht ausstehen konnte, weil ich mich routinemäßig schuldig fühlte.

„Ich war gestern bei Luigi. Stell dir vor, wen ich dort getroffen habe", begann sie.

Ich zuckte uninteressiert mit den Schultern.

„Keine Ahnung, ist mir auch egal."

„Das sollte es aber nicht. Benny hat dort trübsinnig abgehangen und sich ein Bier nach dem anderen über den Knorpel gegossen. Ich habe versucht ihn aufzumuntern, aber das war nicht möglich. Ich hätte ihn sogar abgeschleppt, egal, wie angeheitert er gewesen wäre. Leider wollte er nicht. Er hat gesagt, dass er schon genug Trouble mit der Tochter hätte, da brauchte er nicht auch noch näheren Kontakt mit der

Mutter. Was hast du nur mit dem angestellt? Er ist völlig nieder, der arme Kerl."

„Ach ja, der arme Kerl!", ich war aufgesprungen und stemmte die Hände in die Hüften. „Der arme Kerl. Wenn ich das schon höre. Ben ist ein ganz mieser Typ. Du hast keine Ahnung."

„Du bist also endlich mit ihm in die Kiste gehüpft. An ihm hat es sicher nicht gelegen, dass es nicht gut für dich war", stellte meine Mutter seelenruhig fest.

„Und wenn ich mit ihm geschlafen habe? Das geht dich gar nichts an", keifte ich. „Wir passen eben nicht zusammen. Wenn du es genau wissen willst: Er hat mehrere Eisen im Feuer, um es mal so zu sagen. Das muss ich mir wirklich nicht antun."

„Das klang aber gestern ganz anders bei ihm. Ben ist der Richtige für dich, Jule. Er mag dich wirklich. Was immer zwischen euch schief gelaufen ist kann doch nicht so schlimm sein, dass es sich nicht kitten lässt. Sei nicht so dumm wie ich und trampele auf deinem Glück herum, nur weil du deinen Kopf durchsetzen willst, oder aus falschem Stolz, sonst wirst du es später mal bereuen."

Komisch, plötzlich hörte sich meine Mutter ganz normal an und ziemlich nett. Ihre Augen glitzerten verdächtig feucht.

Aber das registrierte ich nur am Rande. Ich hatte mich hochgepushed, wollte und konnte auf den versöhnlichen Ton nicht eingehen.

„Pass mal auf, ja. Er mag so tun, als ob er lieb und nett und harmlos ist, aber in Wirklichkeit ist er ein ganz ausgebufftes Arschloch. Überhaupt verbiete ich mir jegliche Einmischung von dir. Früher, als ich klein war hast du dich nicht um mich gekümmert, jetzt ist es nicht mehr nötig. Ich weiß genau was ich tue."

Meine Mutter stand auf. „Das bezweifle ich. Aber ich will dich gar nicht länger aufhalten. Du hast ja Recht. Ich hätte mich besser um dich kümmern sollen, aber das ist jetzt zu spät. Wahrscheinlich ist dir sowieso nicht zu helfen. Du bist eben eine verklemmte Zicke und das wird wohl so bleiben."

Da war sie wieder, die gute alte Cindy, die mich permanent auf die Palme brachte. Ich schoss an ihr vorbei und riss die Wohnungstür weit auf.

„Dann mal tschüss. Oh, hallo."

Mir verschlug es die Sprache und gleichzeitig wurde es mir heiß, denn mein Nachbar und Exlover stand vor mir. Die Hand hatte er erhoben, was darauf schließen ließ, dass er vorgehabt hatte, bei mir zu klingeln.

Gleichzeitig trat meine Mutter in den Hausflur. „Hallo Benny! So ein Zufall. Geh doch einfach rein", schmalzte sie, schob den Angesprochenen resolut in meine Wohnung und schloss die Wohnungstür mit einem Ruck von außen.

„Was willst du?", stammelte ich.

„Ich will mit dir reden", murmelte Ben.

„Es gibt nichts mehr zu sagen. Hast du dich wenigstens mit der Schlampe über mich kaputtgelacht? Ich wette, ihr hattet eine Menge Spaß miteinander, nachdem ich weg war."

Ben rückte näher, ich trat einen Schritt zurück, stand jetzt mit dem Rücken an der Wand, im wahrsten Sinne des Wortes.

„Nein, hatten wir nicht. Das solltest du wissen. Wir haben uns schon vor einiger Zeit getrennt."

Ich musterte ihn empört von oben bis unten. „Ach, und deshalb war die Schlampe nackt in deinem Schlafzimmer? Aber du hattest ja noch deine Unterwäsche an. Das macht ihr immer so, wenn ihr euch trefft, was. Mensch, verarschen kann ich mich alleine."

„Jule, bitte. Es tut mir wirklich leid. Ich habe mich total mies benommen und ich entschuldige mich dafür. Suzanne und ich, wir sind fertig miteinander." Entschlossen machte er einen Schritt auf mich zu, stand jetzt ganz dicht vor mir, stemmte seine Hände rechts und links von mir gegen die Wand. „Ich war so ein Idiot. Du und ich gehören zusammen, weißt du", murmelte er.

„Lass das", fauchte ich, bevor Ben seinen Kopf senkte und mich küsste. Ich bekam weiche Knie und für einen Moment gab ich mich dem Kuss hin, erwiderte sein Zungenspiel. Dann schaltete sich mein Gehirn wieder ein und ich biss zu. Das war reine Notwehr, denn wie hätte ich mich sonst gegen seine Verführungskünste schützen sollen.

„Verflixt, aua!" Ben ließ mich los, ging etwas auf Abstand, betastete seine Unterlippe, aus der er ein bisschen blutete.

„Damit wäre alles geklärt", sagte ich so würdevoll wie möglich. „Ich habe jetzt keine Zeit mehr für deine Spielchen. Nachher habe ich nämlich ein Date mit einem Supertypen. Er ist ziemlich dominant, aber darauf stehe ich, wie du weißt. Er kommt direkt hierher, damit wir keine Zeit verlieren." Das war glatt gelogen, denn eigentlich wollten Harry und ich uns auf neutralem Boden treffen.

Ben angelte ein Papiertaschentuch aus seiner Hosentasche und betupfte seine malträtierte Lippe, wobei er mich finster musterte. „Das ging ja schnell. Wie lange kennst du den Kerl eigentlich? Ein paar Tage? Wenn du da nicht einen großen Fehler machst."

„Das lass mal meine Sorge sein. Er ist super und macht mich total an", schwindelte ich. „Wir haben auch beschlossen, dass wir demnächst in einen Swinger Club gehen. Darauf freue ich mich schon."

Wenn Ben mich vorhin düster angesehen hatte, so guckte er jetzt, als wolle er mich zumindest kräftig durchschütteln. Aber er hatte sich im Griff, dass musste ich ihm lassen.

„Du musst wissen, was du tust", knirschte er und ohne mich noch weiter zu beachten ging er. Ich zog den Kopf zwischen die Schultern, denn ich rechnete damit, dass er die Tür kräftig hinter sich zuschlagen würde, aber er zog sie wider Erwarten sanft ins Schloss.

*Hallo Harry,*
*hast Du Lust, den heutigen Abend bei mir*
*zu Hause zu verbringen?*
*Ich würde mich freuen.*
*Jule*

Entschlossen klickte ich auf ‚senden'. Eigentlich hatte ich kein gutes Gefühl dabei, jemanden in meine Wohnung einzuladen, den ich überhaupt nicht kannte, aber schließlich hatte ich Ben erzählt, dass ich Besuch von meinem Lover bekommen würde. Also konnte ich mir keine Blöße geben.

Das war ziemlich leichtsinnig und eigentlich nicht meine Art, aber darüber wollte ich jetzt nicht nachdenken.

Die Antwort kam prompt.

*Hallo Jule,*
*was für ein Angebot!*
*Damit hätte ich nicht gerechnet.*
*Natürlich komme ich zu Dir!*
*Wenn Du möchtest, können wir vorher*
*gern miteinander telefonieren.*
*Jetzt würde es mir gut passen.*
*Schickst Du mir bitte Deine Adresse?*
*Bis nachher*
*Harry*

Na also. Das klang vielversprechen. Auch, dass er vorab ein Telefongespräch anbot, fand ich gut. Ich fackelte nicht lange, sondern rief ihn sofort an.

Das Gespräch war entspannend. Er hatte eine nette Stimme und konnte sich zudem gut ausdrücken. Er sagte, dass er ständig an mich gedacht hätte und sich sehr freuen würde, mich am Abend zu treffen.

„Vielleicht kommen wir uns gleich etwas näher, aber das werden wir sehen. Du kannst mir auf alle Fälle vertrauen."

So sagte ich Harry meine Adresse und beruhigte die aufkommenden Bedenken damit, dass er auf dem Foto total harmlos aussah und am Telefon einfach nett, freundlich und kultiviert klang.

Schließlich hatte ich mich in dem Forum angemeldet, um Männer kennenzulernen, mit denen ich unverbindlichen Sex haben konnte. Jetzt hatte ich jemanden kennengelernt, der mir ganz gut gefiel, da würde ich die Gelegenheit beim Schopf packen und es nebenbei Ben heimzahlen.

Nervös betrachtete ich mich noch einmal im Spiegel. Der schwarze enge Rock saß hervorragend, war aber nicht wirklich kurz. Das Shirt fiel etwas weiter, war eher schlicht. Schließlich wollte ich nicht provozieren.

Es klingelte. Für einen Moment zögerte ich. Sollte ich wirklich die Tür öffnen? Ich konnte rasch das Licht ausmachen und so tun, als wäre ich nicht daheim.

‚Jule sein kein Feigling! Vielleicht wird dies das Abenteuer deines Lebens.'

Ich straffe die Schultern, betätigte den Türdrücker und öffnete die Wohnungstür.

Harry nahm sich Zeit, um die paar Stufen heraufzukommen. Ich horchte, hörte von oben Schritte auf der Treppe, ein Wuschelkopf lugte über das Treppengeländer.

„Was machst du hier, verschwinde", zischte ich.

„Ich wollte mir den Wunderknaben nur mal ansehen", kam es zurück. „Übrigens ist dies ein freies Land."

Inzwischen war Harry angekommen. „Hallo", strahlte er. Er schien Ben gar nicht zu bemerken.

Ehe ich antworten konnte kam ein „Hallo", von oben.

Irritiert schaute Harry hinauf. „Hallo?"

Ich fasste seinen Arm. „Das ist nur ein Nachbar. Ein ziemlich neugieriger Nachbar", fügte ich mit einem giftigen Seitenblick in Bens Richtung hinzu. „Komm doch herein."

„Du weißt ja, dass du mich jederzeit erreichen kannst, Jule. Wenn irgendwas ist ...", hörte ich Ben laut rufen, ehe ich die Wohnungstür schloss.

„Ein extrem neugieriger Nachbar, was", merkte Harry an, nachdem wir uns begrüßt hatten. Ein Küsschen rechts, eins links, ganz brav.

Ich winkte ab. „Ach was, kümmere dich nicht um ihn. Schön, dass du hier bist."

Erst jetzt hatte ich die Gelegenheit, mir meinen Besucher anzuschauen. Harry war nicht gerade schlank. Über seiner Jeans wölbte sich ein kapitaler Bauch, das Hemd spannte. Aber er machte einen sympathischen Eindruck und ich konnte mir beim besten willen nicht vorstellen, dass er unangenehm werden könnte. Über die Schulter gehängt trug er eine Tasche.

Auf meinen fragenden Blick erklärte er: „Meine Verwöhnutensilien, Fesseln, eine Gerte, all so etwas. Habe ich einfach mal mitgebracht, aber ganz unverbindlich für alle Fälle. Du musst dir keine Sorgen machen."

„Oh, tatsächlich?", mehr fiel mir zu dieser Aussage nicht ein. Der Gedanke von diesem Mann in irgendeiner Form verwöhnt zu werden machte mich im Moment gar nicht an und fesseln würde ich mich von ihm bestimmt nicht lassen.

„Komm doch erst einmal mit ins Wohnzimmer", sagte ich deshalb. „Kann ich dir etwas anbieten? Ein Glas Wein vielleicht?" Harry folgte mir und ließ sich aufs Sofa plumpsen. „Ein Glas Wein ist gut."

Mit dem Öffnen der Flasche ließ ich mir Zeit, denn ich wusste nicht so recht, was ich sagen sollte.

„Machst du das öfter? Ich meine Männer zu dir einladen?", begann Harry die Unterhaltung.

„Eigentlich nicht. Du bist der Erste", gestand ich, goss uns ein und setzte mich in den Sessel ihm gegenüber.

Harry klopfte neben sich auf das Sofa. „Setz dich doch hier her. Keine Angst, ich beiße nicht, jedenfalls nicht, wenn du das nicht möchtest."

Eigentlich hatte er ja Recht, ich stellte mich ziemlich prüde an. Wie hatte meine Mutter gesagt: ‚Du bist eben eine verklemmte Zicke.' So wollte ich auf keinen Fall wirken. Also setzte ich mich neben meinen Besucher. Der rückte noch etwas näher, legte die Hand auf mein Knie.

„Wollen wir auf einen schönen Abend anstoßen?" Ich hob mein Glas, was Harry dazu veranlasste, seine Hand von mir zu nehmen. „Ja, auf einen schönen, aufregenden Abend."

Er trank einen Schluck und schaute mir tief in die Augen. „Wie gefalle ich dir überhaupt?"

„Du siehst aus wie auf dem Foto, das du mir geschickt hast", antworte ich diplomatisch. Ich konnte ja schlecht sagen, dass er mir ziemlich übergewichtig und sehr unsexy vorkam.

„Du siehst noch viel besser aus, als auf dem Bild. Du bist eine richtige Schönheit. Ich stehe total auf lange rote Haare", Harry griff sich eine Strähne meines Haares, wickelte sie sich um die Finger und zog mich so näher zu sich heran. Seine Lippen drückten sich auf meinen Mund, seine Zunge versuchte zwischen meine Zähne zu drängen. Gleichzeitig tastete er nach meinen Brüsten.

Zögernd öffnete ich den Mund, erwiderte den Kuss. So ermutigt fuhrwerkte Harry mit seiner Zunge in meinem Mund herum. Er schien ein Küsser Marke Waschmaschine im Schleudergang zu sein. Ich versuchte mich von ihm zurückzuziehen. Allerdings ließ er sich nicht beirren, rieb weiter meine Brüste und sabberte mich voll. Schließlich bekam selbst er mit, dass ich sein Busengrabschen und das Gesabber nicht wollte. Abrupt ließ er von mir ab und verpasste mir eine Art Backpfeife. Zwar sehr sanft, aber immerhin.

Was sollte das denn? Verblüfft schaute ich ihn an, was er für freudige Erwartung zu halten schien.

„Du kannst es wohl gar nicht erwarten, was?", sagte er und bemühte sich, dabei männlich markig zu klingen. Dabei produzierte er einen ziemlich blöden Ausdruck auf sein rundes Gesicht. Vermutlich wollte er streng aussehen, erinnerte mich aber eher an Ernie aus der Sesamstraße.

Das kam so doof daneben rüber, dass ich einen totalen Lachflash bekam. Krampfhaft versuchte ich den Lachanfall zu unterdrückte und sah ihn einfach weiter an.

Das schien ihn zu irritieren. „Was guckst du so verschmitzt?", sagte er verunsichert. Er schien zu ahnen, dass ich ihn nicht wirklich ernst nehmen konnte.

„Ähm, mache ich doch gar nicht. Ich bin nur überrascht von deiner Dominanz", würgte ich heraus, weil das lachen immer noch in mir perlte.

„Ja, jetzt siehst du, wer hier der Dom ist! Ich zeig dir mal was Schönes." Er lehnte sich zurück und öffnete seine Hose.

Nein! Das würde er doch jetzt nicht wirklich machen, oder? Mit vor Verblüffung offenem Mund verfolgte ich sein tun. Allerdings musste ich mir keine Gedanken machen, denn so schnell, wie er die Hose geöffnet hatte schloss er sie auch wieder. Wie es schien, befand sich, jedenfalls im Moment, nichts Nennenswertes darin.

„Ich habe es mir überlegt, du hast ihn dir noch nicht verdient", erklärte er. „Erst beugst du dich über den Sessel. Ich will mir dein Hinterteil ansehen."

Jetzt hatte ich aber genug von diesen merkwürdigen Spielchen.

„Nein, das mache ich sicher nicht. Jetzt ist es aber mal gut", erklärte ich entschlossen.

„So, du willst mir nicht gehorchen?"

„Nein!"

„Sicher?"

„Ja, ganz sicher."

Harry ließ die Schultern sinken. „Das war ja klar. Ich kann das sowieso nicht. Vielleicht bin ich einfach zu lieb dafür."

Der arme Kerl tat mir leid, denn er saß da wie ein begossener Pudel. „Aber warum machst du das denn überhaupt, wenn du es eigentlich nicht kannst?", fragte ich verblüfft und strich ihm über den Kopf.

„Jetzt, wo es mit uns sowieso nichts wird, kann ich es dir ja sagen. Ich habe es mir schon immer gewünscht, dominant zu sein. Ich habe mir das ganz toll vorgestellt, den

Dom zu spielen und einer Frau Befehle zu geben, die sie tatsächlich ausführt. Du musst wissen, ich liebe meine Frau, aber sie ist selbst ein bisschen dominant und in sexueller Hinsicht nicht gerade entgegenkommend ...“

„Deine Frau?“ Das wurde ja immer besser. Harry zog den Kopf zwischen die Schultern. „Ja, meine Frau. Sie ist die beste Ehefrau für mich, aber sie duldet gerade mal die Missionarsstellung und das höchstens viermal im Jahr. Endlich habe ich mich getraut, mich in einem Forum fürs Fremdgehen anzumelden und jetzt vermassele ich das auch wieder. Wo du Gelegenheit so günstig ist. Meine Frau ist nämlich mit ihrer Mutter nach Bad Rothenfelde gefahren. Sie machen dort ein Wellness Wochenende.“

Das wurde mir alles zu viel. Ich hatte eine Affäre mit einem aufregenden Mann gewollt und jetzt hörte ich mir das Gejammer eines verheirateten Waschlappens an. Ich war doch keine Briefkastentante!

„Ist ja gut. Es macht nichts, dass der Abend nicht so ...ähm ... erfolgreich verlaufen ist. Vielleicht versuchst du es noch mal im Forum. Aber sei besser von Anfang an ehrlich. Dann findest du bestimmt bald eine Frau, die auf der gleichen Wellenlänge ist wie du. Ich bin es ganz sicher nicht."

Ich hob mein Weinglas. „Auf die Liebe."

Harry sah ganz schön erleichtert aus, als er mit mir anstieß. „Auf die Liebe und auf dich. Du bist eine tolle Frau, aber nicht für mich." Nach dieser Aussage schaute er mich ein bisschen erschrocken an und sah schon wieder aus wie Ernie.

Dieses Mal unterdrückte ich den Lachanfall nicht. Harry stutze einen Moment, dann stimmte er mit ein.


„Du machst mir ein wenig Angst, weil du so direkt bist. Ich glaube, du wärst ne gute Domina", nuschelte Harry.

Wir hatten die zweite Flasche Wein geleert. Jetzt, wo fest stand, dass wir nichts miteinander haben würden, verstanden wir uns prächtig.

„Meinst du? Aber es macht mich tierisch an, wenn der Mann mir vorgibt, was ich zu tun habe", ich zögerte. „Jedenfalls wenn ein bestimmter Mann mir sagt, was ich zu tun habe", fügte ich hinzu.

Harry musterte mich kritisch. „Ehrlich? Das muss aber ein ganz besonderer Kerl sein." Er schnipste mit den Fingern. „Ich hab's, es ist der Nachbar, der mich vorhin angeguckt hat, als wolle er mich unange- spitzt in den Boden rammen. Er muss me- ga eifersüchtig sein. Ihr habt Zoff, was?"

Ich nickte bedeutungsschwer. So ganz nüchtern war ich auch nicht mehr, deshalb erschien es mir ganz normal, Harry mein Herz auszuschütten.

„Das ist hart, das ist sehr hart", erklärte er, nachdem er die leidige Geschichte gehört hatte.

„Ja, das ist hart", stimmte ich zu.

„Vielleicht solltest du wirklich einmal in einen Swinger Club gehen. Du musst dort nicht mitmachen, du kannst einfach zugu- cken. Ich war auch mal in einem, aber ich habe mich nicht getraut, eine Frau anzu- sprechen. Trotzdem, wenn ich gewollt hät- te, dann hätte ich dort Weiber ohne Ende haben können. Vielleicht lernst du dort einen Typen kennen, wer weiß."

„Meinst du?"

„Überleg es dir. Man soll keine Gelegen- heit auslassen. Übrigens wirst du deinen untreuen Kerl zur Weißglut bringen, wenn du das durchziehst. Ich glaube nämlich, er ist stark in dich verschossen." Harry gähnte. „Kannst du mir ein Taxi rufen? Ich bin hundemüde."

Großzügig hieb ich ihm auf die Schulter. „Du kannst heute Nacht auf dem Sofa schlafen. Das ist kein Problem. Ich lege dir ein paar Decken raus und du machst es dir gemütlich."

Als ich am nächsten Morgen ins Wohnzimmer kam, war Harry schon verschwunden. Die Decken hatte er perfekt gefaltet, die Weingläser und Flaschen in die Küche gebracht. Ich war beeindruckt, seine Frau schien ihn gut im Griff zu haben.

Auf dem Küchentisch lag ein Zettel, den er aus einem Notizbuch gerissen hatte.

*Danke für den netten Abend!*
*Auch wenn sich nichts zwischen uns abgespielt hat, war es schön, mit Dir zu reden. Du bist ein prima Kumpel, aber was den Sex anbetrifft, liegen wir nicht auf einer Wellenlänge. Ich glaube auch, dass Du noch viel zu sehr mit Deinem Nachbarn verbandelt bist, um Dich auf einen Anderen einlassen zu können.*
*Selbst wenn es sich nur um eine schnelle Nummer handelt. Bist Du überhaupt sicher, dass du so etwas wirklich willst? Dann solltest du tatsächlich mal einen*

*Swinger Club besuchen. Ich kann Dir die ‚Lounge SF' empfehlen. Das ist ein Club mit Stil.*

*Ich für meinen Teil versuche es weiter im Forum, vielleicht habe ich beim nächsten Mal mehr Glück.*

*Alles Gute*

*Harry*

Wenn er auch aussah wie Ernie und ein ziemliches Weichei war, so konnte ich Harry doch gut leiden. Ich wünschte ihm, dass er bald die Frau finden würde, die er sich wünschte. Für einen Moment überlegte ich, ob ich ihm eine WhatsApp schreiben sollte, ließ es aber sein. Was sollte das auch bringen. Ich beschloss mir erst einmal einen Kaffee zu kochen und später in Ruhe zu frühstücken.

Mein Handy klingelte. Ben! Er war echt hartnäckig, das musste ich ihm lassen. Vielleicht war es das Beste, sich endlich vernünftig mit ihm auseinanderzusetzen, ohne die Gefühle überkochen zu lassen. Jedenfalls so gut das eben möglich war.

Kurzentschlossen nahm ich das Gespräch an.

„Hallo Ben."

„Na du."

„Selber du."

„Ich hoffe, ich störe nicht."

„Gar nicht", ich fasste einen spontanen Entschluss. „Ich habe mir gerade einen Kaffee gekocht. Wollen wir gleich zusammen frühstücken? Ganz unverbindlich", fügte ich schnell hinzu.

Ben zögerte. Mit diesem Angebot schien er nicht gerechnet zu haben.

„Ist nur so eine Idee. Wenn du schon etwas vor hast oder keine Lust, dann ist das auch in Ordnung. Oder wenn du sowieso schon gefrühstückt hast."

Mist! Ich hätte mich nicht so weit aus dem Fenster lehnen sollen. Wahrscheinlich legte er gar keinen Wert auf meine Gesellschaft. Aber dann hätte er mich ja nicht angerufen. Warum war alles so kompliziert?

„Alles in Ordnung. Ich bin nur erstaunt. Als wir uns das letzte Mal gesehen haben, hast du mich mit den Blicken erdolcht. Übrigens hattest du Besuch", sagte Ben gedehnt.

„Der ist schon lange weg. Das war wohl nichts", entfuhr es mir spontan.

„Ach so? Tatsächlich!" Irrte ich mich oder klang er erleichtert? „Ich komme gern runter. Habe gerade frischen Orangensaft gemacht, den bringe ich mit."

Kurz darauf klingelte es an der Tür. Ben stand, mit einem Krug Orangensaft und einer Brötchentüte bewaffnet davor. „Ich bin eben schnell zum Bäcker runter und habe uns Brötchen besorgt", erklärte er und strahlte mich an.

Ich konnte gar nicht anders als zurückstrahlen. „Super. Das nenne ich einen Service. Komm doch rein."

Ben schaute sich interessiert in meiner Wohnung um, sagte aber erst einmal nichts. Ich schmunzelte in mich hinein, denn er schien nach Indizien zu suchen, aus denen der Verlauf meines gestrigen Dates abzulesen war.

„Dein Besuch ist also schon lange weg", stellte er schließlich betont uninteressiert fest.

„Yep. Soll ich dir die Brötchentüte abnehmen", fragte ich amüsiert.

Ben drückte mir die Tüte in die Hand. „Er hat nicht bei dir übernachtet?"

„Doch, aber nicht so, wie du denkst. Den Saft kannst du mir auch geben." Sanft nahm ich den Krug an mich und stellte ihn auf den Tisch. Dabei bemerkte ich den Zettel, den Harry dort platziert hatte. Den hatte ich total vergessen. Auch Ben sah ihn und er war schneller als ich. Schon hatte er ihn in der Hand, las interessiert.

„Das geht dich gar nichts an", rief ich entrüstet aus, schnappte mir den Zettel und entsorgte ihn in der Mülltonne.

„Ach, Jule, was mache ich nur mit dir?", seufzte Ben, das klang allerdings sehr erleichtert.

„Na ja, für den Anfang solltest du gar nichts mit mir machen, sondern einfach mit mir frühstücken. Wie in alten Zeiten. Meinst du, das kriegen wir hin?"

Da war es, das nette Lächeln, das ich so an ihm mochte. „Das kriegen wir hin!"


Es wurde ein richtig gemütlicher Vormittag. Wir frühstückten zusammen, quatschten miteinander, wobei wir alle heiklen Themen vermieden, und konnten miteinander herumblödeln. Eben so, wie es vorher gewesen war, als wir noch keinen Sex miteinander gehabt hatten.

Schließlich lehnte sich Ben auf seinem Stuhl zurück und schaute mich aufmerksam an. „Wie soll es jetzt weitergehen, Jule?"

Verflixt, gerade hatte ich angefangen, mich rundherum wohl zu fühlen. Hilflos zuckte ich mit den Schultern. „Keine Ahnung."

„Komm schon, so kannst du dich nicht aus der Affäre ziehen."

„Bleib bloß sitzen", zischte ich, denn Ben war aufgestanden und näherte sich mir, was mich kribbelig und nervös machte. Vorbei war es mit der kuscheligen Wohlfühlstimmung.

„Fakt ist, dass wir beide wie für einander gemacht sind. Du bist die perfekte Partnerin für mich. Und gib zu, dass es umgekehrt auch so ist." Ben war stehen geblieben, verschränkte die Arme vor der Brust.

„Ja klar, und deshalb war die Bitch in deinem Schlafzimmer", konterte ich.

„Verflixt, ich habe mich bei dir entschuldigt. Ich habe dir gesagt, dass ich Suzanne nicht wiedersehen werde und das ist mein vollster Ernst. Ich habe einen Fehler gemacht, den ich wirklich bereue, aber ich kann ihn nicht rückgängig machen, so sehr ich es mir wünschen würde. Was soll ich denn noch machen?" Ben klang ein kleines bisschen verzweifelt. Was ich verwundert registrierte und was so gar nicht zu seiner sonstigen Dominanz passte. Hinzu kam noch sein Blick, der meine Knie weich werden ließ!

Er schien zu spüren, dass meine Abwehr bedenklich ins Wanken geriet. Mit ein paar Schritten war er bei mir, nahm mich in die Arme, hielt mich einfach fest. Ich kuschelte mich an ihn, vergrub meinen Kopf an seiner Brust, atmete seinen unwiderstehlich Duft ein.

Schließlich machte ich mich von ihm los. „Ich muss erst einmal mit der Situation fertig werden. Das ist nicht so einfach. Wir kennen uns schon so lange, und auf einmal mutierst du vom netten Nachbarn und harmlosen Freund zum Dom ..."

„Also erst einmal gefällt dir das", unterbrach mich Ben, „und zweitens möchte ich auf jeden Fall eine Beziehung auf Augenhöhe führen. Es liegt mir fern, dich herumzukommandieren. Im Gegenteil. Ich mag es, dass du eigenwillig bist, dass du deine Meinung vertrittst. Aber beim Sex gebe ich eben gern den Ton an und das macht dich an, das kannst du ruhig zugeben."

„Ja, das macht mich an!" Es war heraus. Warum sollte ich das Offensichtliche auch nicht zugeben. „Aber ich war noch nicht fertig. Was ich sagen wollte ist: anschließend finde ich die Ex in deinem Bett. DAMIT muss ich fertig werden. Kann ich dir überhaupt noch vertrauen? Oder hast du nur eine schnelle Nummer mit der Nachbarin gesucht?"

Ben fuhr sich durch die Haare. „Das habe ich nicht. Ich würde gern mit dir zusammen sein, so richtig, meine ich. Als Paar. Klar will ich mit dir schlafen, du machst mich unglaublich an, Süße. Aber gleichzeitig möchte ich mit dir einschlafen und mit dir aufwachen. An jedem verdammten Tag. Zwischen uns ist mehr als nur ab und zu eine schnelle Nummer, das weißt du genau. Es wäre schön, wenn du mir vertrauen würdest."

Ich schluckte. Das hörte sich gut an. Wenn er es wirklich so meinte. Liebend gern hätte ich ihm geglaubt. Aber konnte ich das wirklich?

Der kleine, verträumte Engel, der auf meiner rechten Schulter saß, wollte ihm ganz und gar vertrauen, sich sofort an ihn kuscheln und sich von ihm verwöhnen lassen. Aber der Miniteufel auf der linken Schulter flüsterte mir das Gegenteil ins Ohr und riet mir dazu, ihm zu zeigen, wie cool ich war.

„Ich will dir ja vertrauen", ließ mich der Engel säuseln, er war eben etwas naiv. Worauf Ben mich wieder in seine Arme zog und mir sanft über den Rücken strich, was mich wohlig seufzen ließ.

Der Teufel, der verflixte kleine Miesepeter, meldete sich: ‚Du solltest ihm ruhig noch eine Abreibung verpassen', raunte er. ‚Er soll leiden, wie du das getan hast. Vor allem sollte er sich seiner Sache nicht so sicher sein.'

Eigentlich hatte das Teufelchen Recht. Ben wusste jetzt, dass zwischen Harry und mir überhaupt nichts gelaufen war. Er konnte sich seiner Sache also tatsächlich sicher sein, was ich gar nicht so gut fand.

„Vielleicht besuche ich nachher doch noch den Swinger Club", murmelte ich an seiner Brust.

Abrupt hörte Ben auf mich zu streicheln. „Wie bitte?"

„Na ja, ich würde mir so etwas gerne einmal ansehen. Man soll sich bilden, wo man kann", antwortete ich forscher, als mir zumute war.

Der kleine Teufel jubilierte, während der Engel missmutig davonflatterte.

„Das ist nicht dein Ernst! Was willst du denn in so einem Schuppen? Das ist doch gar nicht dein Stil. Oder triffst du dort diesen Harry?" Ben trat einen Schritt zurück und musterte mich finster.

„Wer weiß, vielleicht haben wir uns dort verabredet", tat ich geheimnisvoll. „Übrigens sagt meine Mutter doch immer, dass ich total verklemmt bin. Insgeheim glaubst du das auch, gib es ruhig zu. Dagegen will ich etwas machen. Anschauen heißt noch lange nicht mitmachen. Obwohl - wenn mir dort jemand besonders gut gefällt oder wenn es mit Harry doch noch passt ...", ich sprach nicht weiter. Das war auch nicht nötig.

„Sag mal, ist das jetzt so eine Art Rache oder was?", sagte Ben mühsam beherrscht.

„Das kannst du dir abschminken. Du gehörst zu mir und ich will nicht, dass du so einen Bumsschuppen besuchst."

„Du hast mir gar nichts zu sagen, geschweige denn etwas zu verbieten. Was meinst du eigentlich, wer du bist? Nur weil wir miteinander geschlafen haben, brauchst du nicht denken, dass ich alles tue was du willst!" Es brodelte in mir. Ich war doch nicht Bens Eigentum, was er scheinbar glaubte.

„Verdammt, wenn ich es darauf anlege, dann tust du auf jeden Fall was ich will", Ben griff nach mir, zog mich resolut an sich.

Vergeblich bemühte ich mich, ihn wegzuschieben. Für einen Augenblick ließ er mich zappeln, dann senkte er seinen Kopf, berührte erst sanft, dann fordernder meine Lippen. Ich erwog, ihn noch einmal zu beißen, tat es aber zu meiner eigenen Verwunderung nicht. Stattdessen erwiderte ich seinen Kuss gierig. Wieder schien mein

Körper ein Eigenleben zu führen, schmiegte sich an ihn. Worauf er seinen Griff lockert. Seine Hände glitten in den Ausschnitt meines Shirts, er streichelte meine Brüste. Die Nippel richteten sich auf, feuchte Wärme machte sich zwischen meinen Schenkeln breit. Das durfte doch nicht wahr sein! Ich reagierte sofort auf ihn, konnte nichts dagegen tun. Seufzend vor Verlangen rieb ich mich an ihm.

Schließlich ließ er von mir ab, schob mich von sich, schaute mich abwartend an. „Du tust nicht was ich will?", fragte er sanft.

Mühsam bemühte ich mich darum, meinen Atem unter Kontrolle zu bekommen. „Das ist unfair", brachte ich schließlich heraus.

Ben legte den Daumen unter mein Kinn, hob es an, sodass ich ihn ansehen musste. „Wann akzeptierst du endlich, dass du mir gehörst?"

Entrüstet holte ich tief Luft. Ich war so wütend. Wütend auf ihn, der mit meinem Körper spielen konnte, so wie er es wollte. Noch wütender allerdings war ich auf mich selbst, weil ich mich nicht im Griff hatte.

„Du wirst mich nicht davon abhalten in den Club zu gehen. Schon gar nicht mit deinen unfairen Tricks." Das war ein bisschen gemein, denn mein eigener Körper trickste mich aus, aber das war mir egal. „Ich werde heute Abend in's Lounge SF gehen und dort einen Kerl aufreißen. Wer weiß, vielleicht hat der noch mehr zu bieten als du." Fast hätte ich mit dem Fuß aufgestampft.

Ben sah mich noch einen Augenblick an, dann drehte er sich abrupt um. „Dann musst du das machen. Aber wundere dich nicht, wenn es total aus dem Ruder läuft", sagte er über die Schulter und ging.

Nachdenklich fuhr ich mit dem Finger über den seidigen Stoff der vor einiger Zeit gekauften Dessous. Eigentlich hatte ich sie für Ben tragen wollen. Stop - ich verbot mir jeden weiteren Gedanken in dieser Richtung.

Jetzt, wo es an der Zeit war mich zurechtzumachen, bekam ich ganz schön kalte Füße. ,Sei nicht so feige', schalt ich mich. Schließlich hatte ich Ben gegenüber eine echt dicke Backe gehabt. Und überhaupt, etwas mehr Erfahrungen zu sammeln konnte nicht schaden. Ich brauchte mich ja wirklich auf nichts einlassen, wenn ich es nicht wollte.

Ich schüttete mir ein Glas Wein ein, nahm einen tiefen Schluck, setzte dann entschlossen das Glas ab, streifte den neuen schwarzen String und die halterlosen Strümpfe über. Auf den BH würde ich verzichten, denn mein Kleid hatte einen extrem tiefen Rückenausschnitt. Vorn war es zwar hochgeschlossen, schmiegte sich aber wie eine zweite Haut an meine Brüste. Nun noch in die High Heels geschlüpft und schon war ich fertig angezogen. Ich drehte mich vor dem Spiegel hin und her. Dieses Outfit war ganz schön heiß, ohne nuttig zu wirken. Perfekt! Vorsichtshalber leerte ich mein Weinglas, als kleine Hilfe, falls mich der Mut doch noch verlassen sollte.

Wenig später setzte mich ein Taxi vor dem Haus ab, in dem sich der Swinger Club befand. Der Taxifahrer hatte ein schmierig, wissendes Lächeln. Er schien öfter Leute hier her zu fahren, denn er hatte den leicht fiesen Gesichtsausdruck, direkt nach dem ich ihm die Adresse genannt hatte, bekommen. Vielleicht war er auch selbst ein Kunde des Clubs. Das wollte ich mir nicht ausmalen!

Für einen Augenblick blieb ich stehen, zögerte. Aber dann fuhr das Taxi an und ich stöckelte auf den Eingang des Etablissements zu.

Der Türsteher hielt mir die Tür auf, es schien mir, als nicke er anerkennend. Aber vielleicht täuschte ich mich auch oder er nickte jeder Frau auf diese Weise zu.

Ich kam nicht dazu, darüber nachzudenken, denn beim Anblick der Lobby verschlug es mir die Sprache. So hatte ich es mir hier nicht vorgestellt. Irgendwie geisterte ein Bild von rotem Plüsch und goldenen Intarsien durch meinen Kopf. Das war hier wirklich nicht der Fall. Erotische Bilder und Fotos zierten die Wände, wurden durch Lichteffekte perfekt in Szene gesetzt. Die schon gut besuchte Bar war rot lackiert. Überall im Raum waren moderne Sitznischen aufgestellt, die auf den ersten Blick nicht einsehbar waren. Aber es gab auch ganz normale, bequem aussehende Sessel mit kleinen Tischen, von denen man das bunte Treiben beobachten konnte. Im Hintergrund erklang sexy Lounge Musik.

Ich zögerte. Wie sollte ich weiter vorgehen? Ich hatte irgendwo gelesen, dass es durchaus normal wäre, sich auszuziehen, beziehungsweise nur mit seiner Wäsche bekleidet an der Bar zu sitzen. Jetzt konnte ich feststellte, dass es tatsächlich den Tatsachen entsprach. Männlein wie Weiblein tummelten sich in verschiedensten Stadien der Nacktheit in diesem Raum, flirteten, berührten sich. Die Luft schien zu flirren. Wobei es sich beileibe nicht immer um wohlproportionierte Körper und schöne Menschen handelte.

‚Donnerwetter, die trauen sich was', fuhr es mir durch den Kopf.

Das musste ich erst einmal verkraften und so ließ ich mich in einen Lounge Sessel sinken und bestelle ein Glas Champagner. Zunächst wollte ich mir ja sowieso alles anschauen. So ließ ich den Blick schweifen, spürte ein merkwürdiges Kribbeln beim Anblick der sexhungrigen Menschen um mich herum.

Ein Mann fiel mir besonders auf. Er hatte markante Gesichtszüge, einen gut geformten Körper. So wie ich war auch er komplett bekleidet. Er schien meine Blicke zu spüren, denn er wandte sich mir zu, lächelte, machte mir ein Zeichen mit der Hand, zu ihm zu kommen. Mir wurde heiß. Was bildete der Typ sich ein? Nie und nimmer würde ich mich ihm anbieten. Er konnte gefälligst zu mir kommen. So schüttelte ich leicht den Kopf, was ihn bedauernd mit den Schultern zucken ließ.

Doch schon setzte sich eine, nur mit einem String bekleidete Blondine neben ihn, strich ihm über den Oberschenkel. Sie hatte eindeutig weniger Hemmungen als ich, denn sie nahm ihn nach einer kurzen Unterhaltung bei der Hand. Zusammen verließen die beiden die Lounge. Im Hinausgehen schaute mich der Mann mit einem auffordernden Lächeln an. Ich überlegte, ob ich dem Pärchen folgen sollte, wurde aber abgelenkt.

Ein Mann setzte sich neben mich, legte seine Hand auf meinen Oberschenkel. „Na, so allein", raunte er mir zu, wobei er wohl der Meinung war, besonders erotisch zu klingen. Mir blieb der Mund offen stehen, denn was sich mir darbot spottete aller Beschreibung.

Sein Bauch hing über dem einzigen Kleidungsstück, das er trug, nämlich seinen Boxershorts. Zu allem Überfluss schätzte ich ihn mindestens zwanzig Jahre älter als ich es war. Mit seinen langen fettigen Haaren wirkte er extrem ungepflegt. Seine Körperbehaarung erinnerte an einen Orang Utan.

Mit zwei Fingern nahm ich seine Hand und entfernte sie von mir. „Danke, kein Bedarf."

„Aber, aber, wieso bist du denn hier?", versuchte er es noch einmal und zog mich an sich.

„Hey, es reicht. Lassen Sie mich gefälligst in Ruhe, sonst passiert was!" Resolut schüttelte ich ihn ab. „Sie sind wirklich nicht mein Typ", fügte ich hinzu, stand naserümpfend auf und ging in die Richtung, in der das Pärchen von vorhin verschwunden war.

„Ach, zickig bist du auch noch", rief der Orang Utan mir nach.

Langsam schlenderte ich an den verschiedensten Zimmern vorbei. Alle waren mit einem großen Fenster ausgestattet, durch das man das Treiben im Inneren verfolgen konnte, was vom Publikum großzügig genutzt wurde. Ich muss zugeben, dass ich ein wenig schockiert war. Das Ganze kam mir abstoßend und erregend zugleich vor.

Schließlich wurde ich fündig. Mit Herzklopfen stellte ich mich vor das Fenster, betrachtete die Szene. Die Blondine lag auf einem Meer von Kissen, während der Typ ihre Brustwarzen bearbeitete. Er zwirbelte sie, saugte an ihnen, ließ seine Zunge weiter über den Körper der Frau wandern, die sich vor Lust wandte. Jetzt strich er mit seiner Zunge über die Scham der Frau, vergrub den Mund zwischen ihren Beinen. Ohne die beiden aus den Augen zu lassen, streichelte ich mich. Mein Atem beschleunigte sich, während ich beobachtete, wie die Blondine sich wandte vor Lust, ihn schließlich bat, sie endlich zu nehmen, worauf er sein Glied in sie rammte.

„Du brauchst es nötig und zwar sofort", raunte mir jemand ins Ohr. Erschrocken drehte ich mich um, sah mich dem Orang Utan gegenüber, der mich lüstern fixierte. Ich hatte gar nicht gemerkt, dass er mir gefolgt war, was mich ziemlich erschreckte.

„Eh ... nein ... wirklich ...", stammelte ich, während im Spielzimmer die Frau ihre Lust herausstöhnte.

Mein Gegenüber griff nach mir, zog mich zu sich heran. „Du willst doch auch hart rangenommen werden, stimmt's? Zier dich bloß nicht so", grinste er unangenehm. „Ich wette du stehst darauf, vor deinem Herrn auf den Knien herumzurutschen." Vergeblich versuchte ich, mich aus seinem Griff zu lösen. Er drängte mich in das gegenüberliegende, leere Zimmer.

„Runter mit den Klamotten, oder soll ich sie dir vom Körper reißen!"

Ehe ich es mich versah, hatte er mich in den auch hier vorhandenen Kissenberg geschubst. „Ich will nicht ...", protestierte ich.

Vergeblich. Der Mann entledigte sich seiner Boxershorts, sein Glied reckte sich mir gierig entgegen. „Wenn du nicht ficken willst, dann blas mir wenigstens das Rohr", knurrte er und kam mir bedrohlich nah.

Ich hockte auf den Knien, starrte wie hypnotisiert auf sein zuckendes Glied. Niemals würde ich tun, was er von mir verlangte, da war ich mir ganz sicher. Es ekelte mich, wenn ich nur daran dachte, dieses Ding in einer meiner Körperöffnungen zu haben.

Jemand betrat den Raum. Verzweifelt schaute ich auf und sah in zornig blitzende, jetzt dunkelgraue Augen.

Der Affenmensch drehte sich um. „Moment, erst nehme ich mir die Kleine vor. Aber du kannst gern dabei zuschauen, wie sie mir einen ablutscht. Vielleicht werde ich sie hinterher auch noch durchfi ..."

Weiter kam er nicht, denn Bens Faust knallte mitten in sein Gesicht. Orang Utan ging in die Knie und hielt sich jaulend die Nase. Zwischen seinen Fingern tropfte Blut hervor.

Ich kann nicht behaupten, dass er mir besonders leidtat.

„Du fasst diese Lady nicht an. Sie gehört mir", sagte mein Retter gefährlich leise.

„Ben, wo kommst du denn her?" Ich sprang auf die Füße, wollte ihn vor lauter Erleichterung umarmen, doch Ben hielt mich am Arm fest.

„Du treibst dich tatsächlich in diesem miesen Schuppen herum? Das wirst du nicht noch einmal wagen", knurrte er.

Vergeblich versuchte ich, ihm meinen Arm zu entziehen. „Ich mache was ich will!" Mein Widerspruchsgeist regte sich, obwohl ich heilfroh war, dass Ben mich aus der Situation gerettet hatte.

„Du kommst jetzt sofort mit, entweder freiwillig oder ich werfe dich über meine Schulter!" Ohne ein weiteres Wort zerrte Ben mich aus dem Zimmer und weiter aus dem Club. Die Gegenwehr gab ich auf, einerseits, weil ich es bereute, überhaupt hierher gekommen zu sein, andererseits, weil ich weiteres Aufsehen vermeiden wollte. Erstaunlicherweise ließ der Türsteher uns anstandslos an sich vorbei. Wahrscheinlich hatte ihm ein Blick in Bens grimmiges Gesicht gereicht.

Vor dem Club blieb Ben für einen Moment stehen. „Was hast du dir nur dabei gedacht, Cosima?", seufzte er. „Du wolltest doch nicht wirklich in diesem Club herummachen!"

Ich zuckte wortlos mit den Schultern. Eigentlich hatte er Recht, aber so leicht wollte ich es ihm immer noch nicht machen.

Er fasste mich unter das Kinn, hob mein Gesicht, so dass ich ihm in die Augen sehen musste. „Du gehörst mir. Ich will nicht, dass dich irgendein anderer Typ angrabscht."

Wut stieg in mir auf. Er konnte doch nicht einfach so über mich bestimmen. Was sollte das überhaupt heißen - du gehörst mir!? Mit in den Hüten gestemmten Händen legte ich los: „Ich gehöre niemandem, nur mir allein. Wenn ich mich in diesem Club amüsieren will, dann tue ich das. Das geht dich gar nichts an. Hau schon ab. Ich gehe wieder hinein und dann lasse ich mich flachlegen und zwar von jedem, der mir gefällt." Natürlich würde ich das nicht tun, aber Ben trieb mich einfach zur Weißglut.

Er musterte mich kalt. Dann griff er wieder nach meinem Arm, zog mich unerbittlich hinter sich er bis auf einen Parkplatz, der von drei Seiten von hohen Hecken umschlossen war. Vor seinem Auto hielt er an.

„Was soll das?", krächzte ich schockiert.

„Du wolltest doch etwas Außergewöhnliches erleben", knirschte er wütend. „Jetzt kriegst du alles, was du brauchst. Dreh dich um und leg dich über die Motorhaube."

Ich schluckte. Ob ich es wollte oder nicht - sein befehlender Tonfall ließ mich nass werden. Trotzdem folgte ich seinem Befehl nicht.

Er machte einen Schritt auf mich zu, packte mich, drehte mich herum und drückte mich auf die Haube. Die Berührung mit der kalten Karosserie ließ mich erschauern, doch ich wagte es nicht, mich zu wehren. Das wollte ich auch gar nicht mehr, irgendwie genoss ich die Situation. Mit einer Bewegung schob Ben mir das Kleid hoch. Dann zog er an meinem String, zerriss ihn.

„Süßer Hintern", stellte er mit gedehnter Stimme fest. „Knackig und milchweiß. Gleich wird er allerdings rote Striemen haben. Diese Strafe hast du dir redlich verdient."

Ich versuchte den Kopf zu drehen, sah, dass er sich die Jacke auszog. „Wage es nicht, dich zu bewegen!"

Ich gehorchte, ahne was kommen würde und wartete zitternd auf die Bestrafung. Schon klatschte seine flache Hand auf meinen nackten Po. Ich keuchte auf. Wieder schlug er zu, fester dieses Mal. Ich presste die Zähne zusammen, wollte nicht schreien, wollte keine Aufmerksamkeit bei zufällig Vorbeikommenden erregen. Zum Glück war der Parkplatz menschenleer. Noch ein Schlag traf mich. Die Bestrafung erregte mich unglaublich. Mein Schoß lief über. Ob er das wohl bemerkte oder gar beabsichtigte?

Plötzlich ließ er von mir ab, warf mir seine Jacke über den Kopf. „Was wollt ihr?", fragte er laut.

Oh mein Gott! Es war jemand auf den Parkplatz gekommen. Verzweifelt lauschte ich, konnte aber keine Schritte hören. Panisch blieb ich liegen, war froh über Bens Jacke. Doch was jetzt kam, ließ mich erstarren.

„Okay, zugucken kostet 100 Euro. Wenn ihr sie ficken wollt, dann 200, genau so wie ein Blowjob. Sie bläst übrigens fantastisch. Die Süße will es heute Nacht wissen. Ja klar, jeder kann sie haben."

Ich japste entsetzt auf. Das meinte er doch nicht ernst! Ganz bestimmt nicht! Oder doch? Die Gedanken in meinem Kopf überschlugen sich. Irrsinnigerweise wurde ich noch feuchter.

„Zu teuer? Ja dann ...", sagte Ben und das klang ausgesprochen cool.

„Das stimmt doch gar nicht. Da ist gar keiner, nicht wahr", lispelte ich zaghaft.

„Oh doch, das war ein Junggesellenabschied, aber keine Angst, sie haben nur deinen süßen Hintern gesehen." Ich hörte das Lachen in seiner Stimme. „Wo war ich stehengeblieben", fuhr er fort und schon klatschte der nächste Schlag.

Ich erschauerte vor Lust. Wie hatte ich nur denken können, dass ein anderer Mann mich derart heiß machen und anschließend befriedigen könnte. Denn das Ben mich

gleich nehmen würde, das war mir völlig
klar.

„Es gefällt dir", stellte er fest. Seine Stimme vibrierte vor Erregung. „Jetzt werde ich
dich zum Schreien bringen."

Er nahm die Jacke von meinem Kopf. In
Erwartung des nächsten Hiebs spannte ich
mich an, doch stattdessen gruben sich Bens
Finger in meine Pobacken, spreizten sie.
Ich erschauerte, spürte, wie der Saft aus
der jetzt offenen Spalte tropfte. Ohne Vor-
warnung leckte Ben mir über die Pussy. Er
reizte meine Perle, saugte daran. Ich stöhnte auf, als seine Zunge tief in mich ein-
drang, mich fickte, während sein Daumen
über meine Perle rieb. Tatsächlich schrie
ich meine Lust heraus, so wie Ben es wollte. In diesem Augenblick war es mir völlig
egal, ob irgendjemand mich hörte.

Dann lag ich keuchend auf der Motorhaube, hörte, wie Ben den Reißverschluss seiner Hose öffnete. „Soll ich dich jetzt nehmen?"

Ich nickte hektisch. Ja, genau das wollte
ich. Ihn tief in mir spüren.

„Das reicht nicht. Bitte mich darum." Seine Stimme klang verführerisch. Mit seinem harten Glied strich er über meine Perle.

„Verflucht, du Mistkerl, fick mich endlich."

Er lachte leise auf. „Das klingt zwar nicht wie eine Bitte ..."

Ich rang nach Luft, denn er war mit einem einzigen Stoß tief in mir. Langsam zog er sich zurück, um seinen Schwanz wieder genüsslich in mich hineinzutreiben. Mit jedem Stoß drang er tiefer ein.

Plötzlich krallte sich seine Faust in mein Haar. „Du gehörst mir, verstanden?", knurrte er, während er mich weiter stieß.

„Ja, Ben, ich gehöre dir allein."

„Dich wird kein anderer Mann anfassen und mein Schwanz wird der Einzige sein, den du lutscht!"

„Ja, Ben!", stöhnte ich.

Er packte meine Brüste, zwirbelte die Nippel, nahm mich hart und rhythmisch. Während er mein Becken gegen seinen Unterleib presste, um ganz tief in mich zu dringen, wurde mein Körper von einem heftigen Beben erschüttert. Ich stöhnte meine Lust heraus und wieder war es mir ganz egal, ob das jemand hörte. Gleich darauf spürte ich, wie Ben sich in mir ergoss, sich seine Muskeln lockerten. Keuchend langen wir auf der Motorhaube, bis er sich schließlich zurückzog, mir auf die Beine half, mich in seine Arme zog.

„Verdammt, muss es die harte Tour sein?", murmelte er.

Ich schüttelte den Kopf. „Nein, aber ..."

„Kein aber", unterbrach er mich. „Nur ein entweder oder. Du musst dich entscheiden, Jule. So geht das nicht weiter mit uns. Ich bin dir jetzt genug hinterhergelaufen. Wenn du das wirklich möchtest, dann werde ich dich ab sofort in Ruhe lassen. Aber dann möchte ich überhaupt keinen Kontakt mehr zwischen uns, weil ich es einfach nicht ertrage, nur dein Freund zu sein. Ich begehre dich, ich will dich ganz und gar. Aber was willst du?"

Tja, was wollte ich? Ben stürzte mich in ein wahres Gefühlswirrwarr. Ich hatte mich noch nie im Leben so nackt und verletzlich gefühlt wie mit ihm. Gleichzeitig vermittelte er Geborgenheit und Sicherheit. Tief in meinem Innersten wusste ich, dass

er mir wie kein Anderer wehtun konnte.
Würde ich das Risiko eingehen können?
Ich hob den Kopf, schaute ihm tief in die
Augen.
„Dich!"

Das ist nun schon ein Jahr her. Aus Ben und mir ist ein Paar geworden. Er hat mir nie wieder Gelegenheit zu Eifersucht und Misstrauen gegeben und ich habe mich nicht mehr auf dubiose Abenteuer im Swinger Club oder in irgendwelchen Foren, in denen es ums Fremdgehen geht, eingelassen.

Wozu auch? Das Zusammenleben mit Ben ist Abenteuer genug. Es gelingt ihm immer wieder mich zu überraschen. Wobei er genau die Richtige Mischung aus verständnisvollem Freund, zärtlichem Lover und dominantem Partner drauf hat.

Ich kann gar nicht mehr verstehen, dass ich ihn für zu jung für mich gehalten habe. Ich muss wohl ziemlich daneben gewesen sein. Vor einiger Zeit haben wir beschlossen, dass eine Wohnung für uns beide ausreichend ist und so bin ich eine Etage höher gezogen. Einfach aus praktischen Gründen, denn Bens Wohnung ist größer als meine und hat eine Dachterrasse, von der aus man über die ganze Stadt sehen kann. Wenn ich dort sitze, komme ich mir vor, als würde ich irgendwie über allem schweben. Vielleicht hat auch Ben ein kleines bisschen Anteil an diesem Gefühl, denn mit ihm zusammen kann ich fliegen.

Heute ist unser Jahrestag. Ich bin gespannt, wie der Abend verlaufen wird. Erst einmal werden wir Essen gehen. Ben hat mich in ein ziemlich teures und ziemlich angesagtes Restaurant eingeladen.

Ich habe eine ganze Weile gebraucht, um mich zu stylen. Schließlich bin ich zufrieden. Das Augenmakeup lässt meine grünen Augen blitzen, die Lippen sind dezent, aber perfekt geschminkt. Für dieses Date habe ich mir extra ein neues Kleid gekauft, ein rotes, tief dekolletiertes Abendkleid. Der Seidenstoff schwingt locker. Nichts ist wirklich zu erkennen, doch es ist ersichtlich, dass ich bis auf einen String keine Wäsche darunter trage. Dazu noch die halterlosen Strümpfe und meine roten Highheels.

Ben sieht mich mit einem anerkennenden Blick an, als ich aus dem Schlafzimmer komme und will mich in den Arm nehmen. Lachend winde ich mich aus der Umarmung. „Nicht anfassen, nur gucken. Du zerstörst mein Makeup."

„Okay, fürs Erste lasse ich dich gehen, aber nachher wirst du mich anflehen, dir das Kleid auszuziehen und dein Makeup wird dir egal sein", sagt er mit glitzernden Augen.

„Wir werden sehen, mein Bester", so schnell gebe ich nicht klein bei und ich weiß, dass ihm gerade dieser Wesenszug an mir gefällt.

Nun sitzen wir im Restaurant. Über den Tisch hinweg greift sich Ben meine Hand, streicht sanft mit dem Daumen über meinen Handrücken. „Ich bin so froh, dass wir uns gefunden haben, meine Schöne. Es war ein tolles Jahr, voller Emotionen und toller Momente, aber auch voller schwieriger und auch trauriger Augenblicke", er zögert. „Aber ich bereue keinen einzigen Moment", fährt er fort.

„Aber es war toll und ich bereue keinen dieser Augenblicke", sage ich gleichzeitig mit ihm.

Wir lächeln uns an. Wieder streicht Ben sanft über meine Hand. „Du gehörst nur mir allein."

„Ich gehöre niemandem", antworte ich leise.

„Ihre Antipasti." Der Ober serviert uns die Vorspeisen. Sie sind der Wahnsinn, genauso wie der Hauptgang. Auch der Wein, den Ben ausgesucht ist richtig gut.

Während des Essens schaut er mich immer wieder nachdenklich an. „Ist alles in Ordnung?", frage ich schließlich ein wenig verunsichert.

„Natürlich", ist die Antwort. „Mir ist da gerade ein Gedanke gekommen und ich glaube, dass er dir gefallen wird." Wieder haben seine Augen dieses spezielle Funkeln. Ich ahne, dass er heute Besonderes mit mir vorhat.

„Oh, das klingt spannend", hauche ich.

Ben lächelt diabolisch. „In Ordnung. Ich will, dass du alles tust, was ich dir jetzt befehle."

Unruhig bewege ich mich auf meinem Stuhl. „Alles?"

„Alles und ohne Widerspruch."

„Aber ..."

Er unterbricht mich gefährlich leise. „Kein aber. Streich mit deiner Hand über die Innenseite deines Oberschenkels."

„Aber dann muss ich mein Kleid hochschieben", flüstere ich erschrocken, tue aber trotzdem, was er verlangt. Wenigstens ist die Tischdecke lang genug, so dass niemand mitbekommt, was ich hier treibe. Der Gedanke, mich in aller Öffentlichkeit so zu berühren, lässt mich feucht werden.

"Sieh mich an, Süße. Jetzt wirst du deine Pussy streicheln."

Ich schaue ihm in die Augen, lasse die Hand zwischen meine Beine gleiten. Ach herrje, mein String ist schon jetzt völlig durchgeweicht, so nass bin ich. Mühsam halte ich meinen Atem unter Kontrolle, während ich mich sanft massiere.

„Ihr Dessert."

Schnell ziehe ich meine Hand weg. Ich fürchte, dass ich puterrot geworden bin, denn mir ist total heiß. Wenn der Ober etwas mitbekommen hat, so lässt er es nicht erkennen. Er entfernt sich ohne einen weiteren Blick.

Ben wartet, schließlich befiehlt er mir: „Tunk den Zeigefinger in die Sahne, ich möchte probieren." Seine Lippen umschließen meinen Finger. „Das schmeckt nach mehr. Gleich werde ich dich kommen lassen, so oft ich es möchte."

Atemlos schaue ich ihn an, aber er lässt sich nichts anmerken, sondern isst in aller Ruhe seinen Nachtisch. Ist das zu fassen! Während ich mit meiner Fassung ringe, es zwischen meinen Beinen vor Erregung pocht und mein Blutdruck durch die Decke knallt, leckt er genüsslich seinen Löffel ab. Anschließend bestellt er Espresso und hat auch hier die Ruhe weg.

Endlich ist das Essen beendet. Nicht, dass ich es nicht genossen hätte, aber ich will Ben endlich hart und heiß in mir spüren.

„Bitte, lass uns jetzt nach Hause fahren." Selbst in meinen Ohren klingt meine Stimme irgendwie flehend.

Ben lacht kehlig auf. „Du kannst es offensichtlich nicht erwarten, Süße. Okay, lass uns heimfahren."

In unserer Wohnung angekommen trägt er mich direkt ins Schlafzimmer, was mir sehr recht ist. Ich küsse ihn heiß, reibe mich an ihm, doch er löst sich von mir.

„Habe ich dir erlaubt, mich zu berühren?", fragt er streng.

Mein Herzschlag beschleunigt sich schon wieder. „Ich dachte das gefällt dir", murmele ich.

„Zieh dich aus."

Ich streife die Träger meines Kleides herunter, es fällt zu Boden. Anschließend drehe ich mich um, beuge mich weit vor und ziehe mir langsam den String aus, streife die Schuhe ab. Jetzt trage ich nur noch meine halterlosen Strümpfe.

„Jetzt legst du dich auf Bett." Ehe ich kapiert habe, wie es weitergeht, packt Ben mein eines, dann das andere Handgelenk und bindet sie mit einem Tuch über meinem Kopf am Bettgestell fest.

„Was hast du vor, binde mich wieder los", rufe ich erschrocken aus, zappele herum.

Ben beugt sich über mich. „Das mache ich, wenn ich dich genommen habe."

Lust schießt durch meinen Körper, ich keuche auf.

„Es macht dich an, wenn du mir ausgeliefert bist und, dass ich alles mit dir machen kann, was ich will. Dass ich dich jederzeit nehmen kann", murmelt er, greift mir zwischen die Beine, reibt sacht meine Perle. „Und es hat dich auch angemacht, dich im Restaurant zu berühren."

Meine Pussy zuckt verräterisch. „Ja", hauchte ich.

„Ja, was?"

„Ja, es macht mich an", sage ich lauter, frage mich, wann er mir endlich gibt, was ich brauche. Doch er denkt nicht daran, spielt mit meinen Brustwarzen, wechselt zwischen sanfter Berührung und hartem Zwirbeln. Ich spüre den herannahenden Orgasmus, doch plötzlich nimmt er seine Hände von mir.

„Bitte Ben, lass mich endlich kommen", flehe ich ihn an.

Er streicht mir die Haare aus dem Gesicht, küsst mich unglaublich zärtlich, lässt federleichte Berührungen folgen. Alles in mir pulsiert vor Verlangen. Ich will ihn berühren, doch die Fesseln hindern mich daran. Ich wimmerte frustriert.

Mit einem Lächeln hebt er den Kopf. „So ungeduldig?"

„Du machst mich verrückt", keuche ich.

Wieder küsst er mich, steht dann auf und entledigt sich seiner Kleidung. Ich atme schwer, als sein Glied zum Vorschein kommt, groß und hart, so bereit für mich.

Er steigt aufs Bett, beugt sich über mich. Sein Mund treibt mich weiter in den Wahnsinn, hinterlässt eine feuchte Spur, angefangen bei meiner Scham, über den Bauch und die Brüste. Mund an Mund sind wir, als er sich in mir versenkt, was mich keuchen, die Dehnung meiner Pussy genießen lässt. Immer wieder zieht er sich fast ganz zurück, stößt dann noch tiefer zu. Ich atme schwer, weil ich nicht ohne seine Erlaubnis kommen will, mich aber kaum noch beherrschen kann.

„Ben", wimmere ich.

„Komm für mich", raunt er mir ins Ohr. Endlich! Ich halte es nicht mehr länger aus, versinke, verströme mich. Ben verharrt für einen Augenblick, scheint zu genießen, wie sich meine Pussy um sein hartes Glied zusammenzieht, pulsiert.

Doch er lässt mir keine Atempause, bewegt sich weiter in mir.

„Nein", keuche ich, merke, wie mich erneut Erregung überflutete.

„Oh doch! Du kommst so oft ich will." Er stößt mich unerbittlich weiter. „Wie sagt man", raunt er mir sanft ins Ohr.

„Mistkerl", stammelte ich.

Er lachte leise, bewegt sich zurück, reibt mit seinem Schwanz meinen Kitzler. „Falsche Antwort."

Ich dränge mich ihm entgegen, will ihn wieder ganz in mir haben. „Bitte", wimmere ich, umschließe seine Hüften mit meinen

Beinen, explodiere wieder, als er sein Glied fest in mich rammt. Auch jetzt stößt er mich weiter und ich versinke in einem nicht enden wollenden Strudel aus Geilheit, Zärtlichkeit und dem Gefühl, Ben zu Willen zu sein. Zu tun, was immer er mir vorgibt.

Er bearbeitet mich mit harten Stößen, kann sich schließlich auch nicht mehr zurückhalten, kommt tief in mir und auch ich explodiere, dieses Mal mit ihm zusammen.

Schließlich löst er meine Fesseln, zieht mich nackt, verschwitzt und verklebt an sich.

„Du bist perfekt", sagt er leise.

Ich schaue ihm aufmerksam in die Augen. Warte einfach ab, während er mich sanft weiter streichelt, meinen Blick erwidert.

„Ich liebe dich. Und du gehörst nur dir allein, sonst niemandem, das habe ich gelernt. Aber vielleicht verschenkst du dich ja ein bisschen an mich."

Ich seufzte verzückt auf. „Ich liebe dich!"

Dann fallen mir die Augen zu.

**Alizé Siffleur**
**Zartbitter**
Erotischer Roman
Zwei Wochen Strand, Sonne, ein strahlend blaues Meer, Cocktails an der Strandbar, vielleicht auch ein kleiner Urlaubsflirt - so hat Sara sich den Urlaub vorgestellt. Am Strand lernt sie Marc kennen. Er zieht sie sofort in seinen Bann. Denn er ist dominant, fordert von ihr bedingungslose Unterwerfung. Mit ihm entdeckt sie eine besondere Seite der Lust, von der sie gleichermaßen fasziniert wie abgestoßen ist. Schließlich befiehlt Marc ihr, nicht nur ihm zu Willen zu sein.
Zartbitter, ein tabuloser Roman voll prickelnde Erotik.


**Alizé Siffleur**
**Love Affair**
Roman
Anne will sich in Zukunft die Männer vom Hals halten. Schließlich hat ihr Exfreund sie betrogen. Ihre Freundin Jenny hingegen vernascht einen Mann nach dem anderen. Als die Freundinnen in einer Bar den attraktiven Luca kennenlernen, geraten Annes gute Vorsätze ins Wanken. Obwohl dieser Mann sie mit seiner Dominanz und seiner arroganten Art zur Weißglut bringt, fühlt sie sich zu ihm hingezogen.
Frech und frivol, so ist dieser Roman.

**Alizé Siffleur**
**Dark Soul**
Roman
Katja hatte gedacht ihre beste Freundin Steffi gut zu kennen. Sie staunt nicht schlecht, als die ihr anvertraut, dass sie in einem BDSM Forum einen Mann kennengelernt hat, in den sie sich verliebt hat. An Steffis Geburtstag lernt Katja Wotan kennen und kann ihn vom ersten Augenblick an nicht ausstehen. Ganz anders geht es ihr mit Alex, einem Bekannten von Wotan. Dieser Mann zieht sie auf eine Weise an, wie sie es noch nie erlebt hat. Gleichzeitig verunsichert er sie. Bald macht er ihr ein unmoralisches Angebot: Sie soll sich ihm bedingungslos unterwerfen. Katja lässt sich schließlich darauf ein und entdeckt eine Welt unglaublicher Lust. Doch dann erklärt ihr Wotan, dass Alex sie bald an ihn weiterreichen wird.
Dark Soul, ein Roman voller prickelnder Erotik.


**Alizé Siffleur**
**Saturday Night Fever**
erotische Kurzgeschichten
24 erotische Kurzgeschichten, sinnlich und provokant, aber auch romantisch und humorvoll. Alizé Siffleur schreibt über Frauen, die sich nehmen was sie wollen. Sich aber auch einfach nehmen lassen wollen.
Saturday Night Fever, die perfekte Lektüre für sinnliche Stunden.

**Alizé und Alan P.**
**Wenn ich an Dich denke**
Gedichte von, um, über Liebe und andere Bagatellen.


**Alizé Siffleur und Allan P.**
**Zeig mir Deine Lust**
Lustvoll und erotisch. Alizés und Allans Gedichte drehen sich unverkrampft und freizügig um nicht alltägliche Phantasien, um die Freude daran, sich sexuell zu nehmen, was man möchte.
Eine Lektüre, über die ungehemmte Lust.